한국현대수필 100년
사파이어문고 1

회초리

석오균 수필집

한국현대수필 100년 사파이어문고 ①

회초리

인쇄 | 2022년 2월 20일
발행 | 2022년 2월 25일

글쓴이 | 석오균
펴낸이 | 장호병
펴낸곳 | 북랜드
　　　　06252 서울 강남구 강남대로 320, 황화빌딩 1108호
　　　　41965 대구 중구 명륜로12길 64(남산동
　　　　대표전화 (02)732-4574, (053)252-9114
　　　　팩시밀리 (02)734-4574, (053)252-9334
　　　　등록일 | 1999년 11월 11일
　　　　등록번호 | 제13-615호
　　　　홈페이지 | www.bookland.co.kr
　　　　이-메일 | bookland@hanmail.net

책임편집 | 김인옥
교　　열 | 전은경 배성숙

ISBN 979-11-92096-58-2　03810
ISBN 979-11-92096-59-9　05810 (E-book)

값 15,000원

회초리

석오균 수필집

북랜드

하하하 웃어요 세상이
향긋향긋 향기로이
온세상 밝아지네요 이쁨

열심히 달려온 당신 쉼표
잠시 하나쯤은 세상 잡으볼 이목

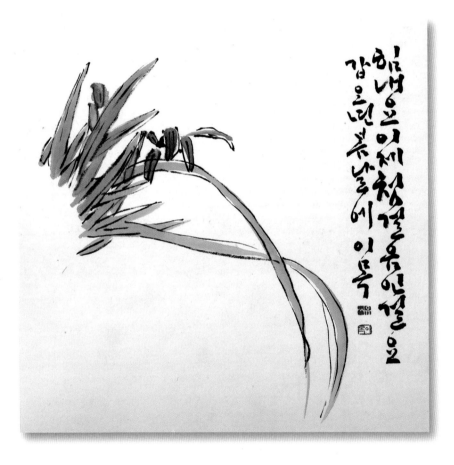

제비꽃을 물 타는 봄은
울고 제비꽃을 알아드는 봄
은 간 다 지오 갑오봄 일옥

시린 눈을 뜨고 나와라
샛별 새아침에 갈 곳은 이윽

사랑합니다
감사합니다
이런 말
아끼지 말아요

오월엔
모

감은 봄날에
이옥

○ 그림 : 아내 이목利木 유정실 화백

○ 케이크 그림 : 손자 석시환

육군 일병으로 제대하고 교직에 복직했을 무렵부터 dile-
ttante란 키워드가 꽂이기 시작했다. 첫술에 배부를리야 있겠
냐만 시간이 갈수록 시나브로 영역을 넓혀 갔다.

딜레탕트는 프랑스어로 '문학·예술의 애호가'쯤으로 알려졌
지만, '예술이나 학문 따위를 직업으로 하는 것이 아니고 취미
삼아 하는 사람'을 이르는 말이다. 그 당시 신문에는 '도락적道
樂的'이라고 표기한 것으로 기억된다. 이제는 비공식적인 행사
나 가정 생활 대인관계 심지어 문학작품활동에서마저 양념으
로 딜레탕트적인 것이 늘어서 습관이 되고 취미가 된 것같다.

프랑스 B. Pascal의 명저《팡세》는 모두가 지실하는 바이다.
'팡세'는 '생각, 사색'을 뜻하면서 논리적인 사고뿐 아니라 감성
적인 판단이라는 의미를 담는 프랑스 사상사에 가장 큰 영향
을 미치는 저서로 소개된다.

파스칼은 《팡세》에서 "취미는 영혼의 문학적 양심이다."라
는 명제가 자신을 행복하게 하는 활동이 무엇인가를 탐색하면

서 취미가 조화로운 삶을 영위하는 데 중차대하다는 것을 뒷받침하고 있다.

프랑스 르네상스기를 대표하는 철학자이자 문학자, 수필계의 비조인 M. 몽테뉴는 자신의 몇 차례 발간한 수필집을 망라한 《몽테뉴 수상록》을 발간하기 위하여 20여 년간의 정리 기간을 가졌다고 전해진다. 필자는 수필문학에 입문이 늦어서 등단 20년째쯤 처음이자 마지막 작품집을 출간할 심산이 깔려있었다. 물론 그러려면 뱁새처럼 다리가 온전치 못하겠지만….

마침 〈한국현대수필 100년 사파이어문고〉 시리즈 작품집 발간에 1호로 선정된 영광을 얻게 되어 부리나케 준비하느라 미비한 점이 많으리라 사료되어 현명하신 독자님의 혜려를 구합니다.

장수시대라고 하니 앞으로 십여 년간 신작과 지금까지의 작품을 틈틈이 수정 보완해서, p.1330은 아니더라도, 방대한 수필집을 출간하고프다.

　지금까지 지도·편달을 과분하게 해주신 (사)한국수필가협회 이사장을 역임하신 장호병 교수님께 깊은 감사의 말씀을 드립니다.

　작품집을 준비하기까지 가족들의 도움도 간과할 수 없다. 퇴고와 그림을 제공한 아내 이목利木 유정실 화백과 퇴고와 편집에 참신한 아이디어를 제공한 아들 석창엽 원장과 워드 작업에 수고를 아끼지 않은 며느리 최연지 부원장, 그리고 수필 문학에 입문할 즈음 칠순 생일에 초등 일학년 수료할 무렵 삼십여 년간 입 다실 수 있는 생일 케이크를 그려준 손자, 지금은 DGIST Freshman인 시환이에게도 고마움을 듬뿍 전한다.

2022년 1월 23일

모재 석오균

| 차례 |

Beautiful life

Graceful life

Merciiful life

Wonderful life

고얀 녀석

에어건air-gun이 작동한다. 신발과 바지의 흙먼지를 털고 주변의 개미들을 썰물처럼 빠져나가게 한다. 산책은 휴식과 건강을 덤으로 안겨 준다. 산책 코스는 세 가지이다. 제1코스는 집에서 왕복 1㎞쯤 되는 신숭겸 장군 유적지이고, 제2코스는 3㎞ 되는 대곡지大谷池이다. 그리고 제3코스는 4㎞ 되는 야트막한 산길이다. 그날의 스케줄이 바쁘거나 엉치뼈에 이상이 있으면 제1코스이고, 평상시는 제2코스, 그리고 주 1회(주로 월요일)는 제3코스를 선택한다. 장 폴 사르트르는 "인생은 B와 D 사이의 C다."라고 했다. 즉 인생은 삶Birth과 죽음Death 사이의 선택Choice이라고 했듯이, 우리 부부의 아침 산책도 코스 선택으로부터 시작한다. 코스마다 스트레칭 하는 시간은 30분 정도로 동일하고 다만 코스의 거리로 소요시간이 정해진다.

오늘은 제2코스를 선택하는 날이다. 도착했을 때는 바람한 점 없는 푹푹 찌는 듯한 날씨였는데 어디서 돌개바람이 불어와 이마의 땀을 씻는가 싶더니 등산용 깔개 주머니가 덱 아래 연못 가장자리로 장소를 옮겨 앉는 것이 아닌가. 같이 사서 사용하다가 1차 분실하여 새로 구입한 지 얼마 안 되는 신품에 가까운 산책의 필수 소품이다. 엉덩이를 따뜻하게 하는 것이 장腸 건강에 도움이 되는 듯하여 연중 휴대한다. 그것을 구조하려면 가슴까지 오는 덱 난간을 넘어서 뱀이 똬리를 틀고 있을지도 모르는 숲을 헤쳐가거나, 연못 배수로에서 가파른 난간을 타고 30여 미터를 온갖 나무와 가시덤불을 비껴가는 경우뿐이다. 난간을 타고 내려가려고 했더니 아내가 극구 만류하는 바람에 그냥 귀갓길에 올랐다. '새로 살까 아니면 모험을 해 봐?' 아내가 자못 아쉬워할까봐 등한시할 수가 없는 상황이다.

다음 날 운동이 끝난 뒤 깔개 주머니를 찾아 나섰다. 배수로 부근에서 덱 난간을 오른손으로 잡으면서 80° 경사를 헤쳐 나간다. 버드나무를 지나고 느릅나무 두 그루를 힘들어 통과하자 찔레 덩굴이다. 손에는 벌써 몇 군데 찔렸는지 따갑고 선혈도 보인다. 왼발이 미끄러지는가 했더니 오른손을 무리하게 썼는지 어깨마저 뻐근하다. 느릅나무 지날 때는 "… 느릅나무 속잎 피어나는 열두 굽이를 청노루 맑은 눈에 도는 구름", 오리나무 지날 때는 "산새도 오리나무 위에서 운다. 산새는 왜 우노…." 그 상황에서도 애송하던 시를 읊조리니 주위가 한결 아름답게 느껴졌다. 한차례 숨을 몰아쉬고 나서 아래를 내려다보니 아내가 내 진도에 맞춰 연못가를 힘겹게 움직이고 있는 게 아닌가.

"여보, 왜 거기 있어?"

"당신 떨어지면 받으려고…."

"20㎏이나 더 나가는 나를?"

교제할 때 선물한 시집 《물망초勿忘草》 생각이 머리를 스친다. 그것의 꽃말이 내 마음과 같아서이다. '나를 잊지 말아요forget me not'가 아니던가. 그 유래가 몇 가지 있지만, 독일의 전설에 따르면, 옛날에 도나우 강 가운데 있는 섬에서 자라는 이 꽃을 애인에게 꺾어주기 위해 한 청년이 그 섬까지 헤엄을 쳐서 갔었더랬다. 그런데 그 청년은 그 꽃을 꺾어 가지고 오다가 급류에 휘말리자, 가지고 있던 꽃을 애인에게 던져주면서 "나를 잊지 말아 줘요." 한마디를 남기고 급류 속으로 빨려 들어갔다. 그녀는 사라진 애인을 생각하면서 일생 동안 그 꽃을 간직했다고 한다. 그래서 물망초의 꽃말이 "나를 잊지 말아요."가 되었다는 연유이다. 아름다운 꽃은 자연이 인간에게 내리는 변함없는 사랑의 선물임을 확인한 셈이다.

주머니 위에는 개미 두 마리가 먹이를 가운데 두고 서로 먼저 먹으라고 양보하고 있는 듯하다. 커버에 묻은 흙먼지를 털고 나니 어미 따라 북쪽으로 못 간 늦둥이 오리 다섯 마리가 자기들끼리 뭔가 소통하면서 물살을 가른다. 우리나라 단 하나의 토종 민물 거북이인 남생이 두 마리는 싱크로나이즈드 스위밍을 하고 있다. 박수 치는 사람은 둘뿐이다.

약혼을 하고 난 뒤 어느 늦은 봄날 데이트하러 그리 높지 않은 야산에 갔을 때다. 잘 가꿔진 묘역에 잠시 나란히 앉아 옅은 구름으로 채색된 연푸른 하늘을 바라보며 핑크빛 꿈을 그려보면서 주변에 엉겅퀴 꽃도 보고 잔대 뿌리도 캐서 맛보게 했다. 시골 생활이 익숙하지 않아 모두가 신기한가 보다. 그 무렵 개미 한 마리가 그녀의 가슴을 더듬고 있었다. '개미 사회에도 더듬과가 있었던가? 하기사 개미는 더듬이가 있지 않던가?' 나보다 선점하다니 괘씸하기가 아빠 찬스, 엄마 찬스는 저리 가라다. 그러나 정작 개미를 잡으려면 손가락이 가슴에 닿아야 한다. 피앙세는 눈을 찡그리며 안절부절못하고 있고, 어쩌랴! 가슴은 쿵쿵쿵쿵 하고 손은 떨다 말고 흔들리는데, 약혼녀도 그럴까? 살생은 금물이지만 무엄하기 그지없는 녀석을 나포해서 능지처참陵遲處斬 해야만 했다. 위치가 한의학의 혈자리로 말하면 양쪽 젖꼭지를 이은 선의 가운데로 전중혈前中穴이다.

반세기가 지난 지금도 개미 사건을 들추면 아직도 짜릿하고 어깨가 뒤틀린단다. 나 또한 그렇다. 오늘도 산책을 마치고 지묘교 옆 동화천 고수부지 입구에 설치된 에어건으로 몸의 먼지와 신발의 흙을 턴다. 주변의 개미는 얼씬도 못하게 한다. 혹여 아내의 전중혈이 재탈환 당할까 봐서.

집에 사는 캥거루

"한잔 어때?"

휴대폰이 울려서 보니 친구다. 언제라도 반가운 이름이다. 대구 근교에 둥지를 튼 단독 주택의 서재에서 마주하니 차향이 후각을 자극한다. 고수차古樹茶란다. 차에 대해선 문외한이지만 이 차에 대해선 들은 적이 있다. 야생에서 자유롭게 자란, 오래된 차나무 새잎으로 만든다는 고가의 차다. 맏이가 스리랑카에 출장 다녀올 때 가져온 것이라 하였다. 아들은 보기 드문 효자이다. 술을 한창 즐길 땐 술병을 들고 오더니 이젠 차상자로 바뀌었다.

K 교수는 자신의 저서《불편해도 괜찮아》에서 '지랄 총량

의 법칙'을 소개했다. 사람이 한평생 살면서 하는 지랄의 총량이 정해져 있다는 법칙이다. 지랄이란 마구 법석을 떨며 분별없이 하는 행동을 속되게 이르는 말이 아니던가. 그렇다면 주당들에겐 '음주 총량의 법칙'이 존재할 수 있을 법도 하다. 내 친구는 평생 마실 음주 총량을 초과 달성해서 차茶로 갈아탄 셈이다.

차를 몇 잔 하고 나서 정원으로 나갔다. 여러 꽃과 나무 가운데 한 그루가 우리 키만큼 자란 나무 앞에 멈췄다. 시월 하순경인데 열매는 결실되고 꽃이 피어 있었다. 희한한 현상이 눈앞에 펼쳐지니 입이 다물리지 않는다. 차나무란다. 10월과 11월에 꽃이 피어 해를 넘겨서 가을이면 열매가 여물기 시작할 때 새 꽃이 피기 시작한다. 그러니 한 나무에 열매와 꽃이 서로 만난다고 해서 차나무를 실화상봉수實花相逢樹라 한다는 것이다. 차나무가 실화상봉수라는 말에서 육아낭에 새끼를 보호하는 캥거루 그림이 아른거린다. 친구는 자녀들을 양육할 때 떡보다는 매를 드는 스타일이다. 이를테면 고기를 잡아주는 것이 아니라 고기 잡는 방법을 가르쳐 주는 격이다.

원허 지운圓虛 智雲 스님은 마음 본성의 마음 향기를 이끌어

28

내는 것을 '향香 한마음 다선茶禪'이라고 했다. '차 향기 명상'
은 몸의 기운을 바꾸어 준다. 차의 향기는 멀리까지 퍼지면
서 접촉되는 모든 것을 정화시키는 힘이 있다. 우리가 마시
는 차의 향기는 몸과 마음의 번뇌의 기운을 맑고 향기롭게
만든다는 논리다. 담배 냄새, 술 냄새, 구취 심지어 송장 냄
새 같은 코로 맡는 냄새나, 탐욕과 성냄, 무지의 기운 그리
고 이기심으로 인한 차고 냉한 기운 등을 명상하면서 차향
기로 카타르시스 할 수 있다는 설법이다. 지금 우리나라는
국민의 생명줄인 경제 건설과 국가 백년대계인 교육의 근
간을 뒤흔드는 집단이 설치고 있다. 그들에게 매일 차를 마
시게 함이 어떨는지….

　꽃과 열매를 번갈아 들여다본다. 친구는 언제부터 주당
에서 다당으로 전환했는지 차나무에 대해서 뱀장어 물속
같다. 티베트와 중국 쓰촨성四川省 경계의 산악지대가 차나
무의 원산지란다. 열매는 양귀비처럼 속이 여러 칸으로 나
뉘어져서, 각 칸 속에 많은 종자가 들어있는 열매의 구조를
띄고 있는데 이런 유형의 열매를 삭과蒴果: capsule라고 했다.
익으면 수평으로 벌어지거나 상단부가 벌어진다는 것도 일
깨워 주었다.

꽃을 보노라면 웃음을 저절로 머금게 된다. 수술의 꽃밥의 색상은 개나리를 닮은 것이 세어보진 않았지만 200여 개는 될 듯하다. 흰 빛을 띤 다섯 장의 꽃은 우리에겐 백의민족을, 군자에게는 지조를, 여인에게는 정절을 상징한다니 차꽃이 성스럽게 느껴진다. 어느 시인은 "자세히 보고 오래 보니 예쁘고 사랑스럽기 그지없다."라고 읊조렸다. 차꽃이 그랬다. 친구 집 정원에서 차꽃의 꽃말처럼 좋은 '추억'이 영글어간다.

호주에 가면 캥거루 천국인 것을 실감한다. 공원이든 들판이든 흔하게 볼 수 있다. 호주 인구보다 캥거루의 개체수가 많다니 아이보다 배꼽이 더 크다고 할 수 있으려나. 어미 캥거루의 육아낭에서 눈을 똥그랗게 뜬 새끼를 볼 때 처음엔 무척 신기했었다. 그러나 왠지 우리나라의 '캥거루족'이니 '빨대족'과 연계되어 그리 유쾌하지만은 않은 것이 무슨 연유일까. 대학을 졸업한 후에도 경제적으로 자립할 수 없어 부모님에 얹혀사는 청년들을 '캥거루족'이라고 불러왔다. 최근엔 부모 연금을 빨아먹고 산다고 해서 '빨대족'으로 불린다니 명칭은 진화했으나 한심한 생각은 배가된다.

가난은 나라도 구제하지 못한다고 하지만, 요즘 젊은이

들은 자연의 이치에 적극 순응하나 보다. 실화상봉수인 차나무처럼 후손을 적당한 거리에서 관심 줄을 잡고 있는 모습에서 과보호란 느낌은 들지만, 자식에 대한 사랑과 부모에 대한 효심을 함께 읽히게 한다. 한편 캥거루 교훈으로, '캥거루족'이면 어떻고 '빨대족'이면 어떠랴. 우선 등 따시고 배부르니 가장 안전빵이 아니던가. 그윽한 차향은 덤으로 만끽한다. 하지만 이웃의 눈초리가 따갑다.

"자식을 '집에 사는 캥거루'로 키우고 싶은가벼!"

부모가 여행을 떠나면서,

"우리 한 달간 크루즈 여행 다녀올 테니 그동안 참한 색시 하나 끼 차라!"

"내 돈 가지고 국외 여행 억시기 다니시네."

신묘한 지혜의 땅

　지묘동으로 삶터를 잡았다. 새 아파트 A동은 맨 앞이고, 그 전면엔 새 건물이 들어설 입지가 아닌 듯하여 4인 가족에겐 다소 과분하지만 선택했다. 남남동 방향인 데다가 우측에 파계로가 시원스레 뚫렸다. 거실 옆의 응접실에 앉아서 둘이 차를 마시고 있노라면 전면이 산으로 겹겹이 원근을 이루는 모습은 언제나 내 동공을 맑게 한다. 대도시의 변두리라지만 이런 곳이 어디 또 있으랴. 기온도 시내보다 3℃ 정도 낮은 편이다.

　그런데 동명이 맘에 안 든다. '지묘동'이다. '지묘'를 거꾸로 읽으면 '묘지'다. 묘지란 송장이나 유골을 땅에 묻어 놓은 무덤이 있는 땅이 아니던가. 마을 이름을 그렇게 지었을 때는 필시 어떤 연유가 있을 터였다. 도보로 500여 m 떨어진 곳에 신숭겸 장군 유적지가 있다. 생각이 나면 언제라도 올 수 있기에 주마간산 격으로 둘러보았다. 그러곤 뒷산에 올랐다. 왕산王山이다. 고려 태조 왕건의 군사가 후백제 견훤의 군사와 나팔고개를 지나 맞붙게 되었는데, 고려군은 견훤의 군사에게 무참히 짓밟혀 풍전등화의 위기에 처했다.

이때 신숭겸 장군이 왕건을 살리기 위해 옷을 바꿔 입고 왕건의 모습으로 꾸며 적군의 눈을 속였다. 이 틈을 타서 왕건은 마을 북쪽에 있는 산으로 무사히 피신을 해서 화를 면하게 되었다. 이런 연유로 이 산이 왕건을 살렸다는 뜻에서 '왕산'이라 부르게 된 것이다. 신숭겸이 황포를 대신 입고 적을 속여 왕건을 무사히 구출해 낸 신묘妙한 지智혜의 땅이라고 해서 마을 이름이 '지묘동智妙洞'이 되었다. 한자로 표기하거나 한글과 병기되었으면 바로 알아보았을 텐데 모든 것을 한글로만 적어놓았으니 처음엔 헷갈릴 수밖에 없었다.

나지막한 정상에서 아래를 내려다본다. 좌측이 대구광역시 기념물 제1호로 지정된 신숭겸 장군의 유적지로, 풍수

지리면에서 아마추어이지만, 완전히 배산임수의 형상이다. 왼쪽은 폭이 넓은 동화천이 흐르고 오른쪽은 폭이 좁은 지묘천이 흐르면서 지묘교에 이르러 합수되어 연경동으로 흘러 낙동강의 지류이자 대구의 젖줄인 금호강에 합류된다. 유적지 위치가 가히 명당의 형국이다.

왕산 바로 아래 제일 위채가 표충사表忠祠이다. 왕건은 자신을 대신한 신숭겸의 죽음을 애통하게 여겨 그의 시신을 거두어 광해주(지금의 춘천)에 예를 갖추어 장례를 치렀다. 목이 없는 시신은 장군의 왼쪽 발아래 북두칠성 모양의 사마귀 무늬를 증거로 수습하고 금으로 장군의 얼굴 형상을 만들었다. 시호를 장절공將節公이라 하고 장군의 아우와 아들에게는 벼슬을 내려 주었으며, 지묘사智妙寺를 지어 장군의 명복을 빌게 하였다. 춘천 근교 현지에 가보면 널따란 묘역 위쪽에 경주의 신라 왕릉만 한 크기의 무덤 3기가 크기와 모양이 같게 봉분을 이루었다. 한 사람의 무덤이 3기인 것은 동서고금을 막론하고 드문 일일 것이다. 왜일까? 생명의 은인에 대한 보은은 예나 지금이나 변함이 없는 듯하다.

그 뒤 지묘사는 고려가 멸망하면서 함께 폐사하였다. 고려조엔 숭불정책을 폈지만, 조선조에 숭유억불 정책을 폈기 때문이다. 유교를 숭상하다 보니 불교문화는 적폐로 보였을 것이다. 선조 40년에 신숭겸 장군의 외후손인 경상도 관찰사 유영순이 폐사된 지묘사 자리에 표충사, 표충단, 충렬비를 세워서 장군의 혼을 위로하고 충절을 추모하였다. 고종 8년에 흥선대원군의 서원철폐령으로 훼철된 것을 후손들이 뜻을 모아 사당을 중건하고 장군의 영정과 신위를 모시고 매년 한식에 향사를 받들고 있다.

신숭겸이 태봉의 기장騎將으로 있을 때 배현경, 홍유, 복지겸 등과 모의하여, 스스로를 미륵불이라 칭하며 날로 포악해지는 궁예를 폐하고 왕건을 옹립한, 소위 친위 쿠데타인 궁정혁명宮廷革命, Palace Coup을 일으켜 고려 개국의 대업을 이루었다. 요즘 우리 사회가 심상찮다. 조그마한 죄인데도 부풀리고 없는 죄까지 덮어 씌워 목줄을 죄고 있다. 예로부터 죄는 미워해도 사람은 미워하지 말라고 하지 않았던가!

남아프리카 공화국 최초의 흑인 대통령이자 흑인인권운동가였던 넬슨 만델라의 명언이 불현듯 떠오르는 것은 무슨 까닭일까. 종신형을 받고 27년간 복역하면서 세계인권운동의 상징적 존재가 된 분이다. 만델라는 석방 후 남아공 시민들에게, "지나간 과거를 내버려두라Let bygones be bygones."라고 촉구했다. '과거청산' 정치로 분노와 한을 품은 사람들에게는 일시적으로 쾌감을 불러일으킬 수 있을지 모르나, 국민통합과 국민의 미래 역사에는 결코 도움이 안 된다는 것을 미리 예감한 선견지명이 있었음이다. 만델라의 이 말 한마디에 남아공은 보복적 폭력을 피하고 남아공화국의 평화적 민주주의를 향해 전향적인 성숙한 발걸음을 내디뎠다. 그의 취임 연설의 주제는 남아공화국의 '화해'였고, 그 화해를 위한 정치적 실천은 '용서'였다.

우리는 왜 갈등의 굴레에서 벗어나지 못하는 걸까? 동서갈등과 남북갈등이 더욱 심화되고, 더더욱 염려되는 것은 '이념 갈등'인 듯하다. 현실적이며 이념적인 의식의 여러 형태인 이데올로기가 이렇게 무시무시한 줄은 정말 예전에 미처 몰랐었다. 진정 지나간 과거는 내버려둘 수 없는 것인지?

지묘동 지명의 유래를 알고 나니 지금의 삶터에 애정이 더해진다. 철학Philosophy이 지혜Sophy=Wisdom를 사랑Philo=love하는 학문이듯이, 신묘한 지혜의 땅인 지묘동에 살게 된 것이 의미가 있어 더 가치가 있는 듯하다.

36

마음을 다해 쏴라

할딱고개를 너끈히 올랐다. 가파르기가 호비령 산줄기의 구십도령(북한)보다야 새발의 피이지만 그것의 반인 사십오도령 쯤은 된다. 이곳에 오르면 친구이자 연인인 소나무 한 그루가 기다린다. 도착하자마자 허그를 했다. 얼마 만이던가! 손과 등산복 앞자락에 검댕이가 묻는다. 그래도 상심하지 않았다.

보름해 전이다. 1.5㎞쯤 떨어진 산 밑 도랑가 식당에서 바람이 심하게 부는 날 쓰레기를 태우다가 강한 바람을 타고 산불로 번졌다. 맞은편 산에서 불똥이 저수지 계곡을 삼백여 미터나 떨어진 이곳까지 날아 소나무와 잡목을 화마가 삼켰다. '내 수명이 백년으로 끝난단 말인가' 싶더란다. 몇 몇 친구는 생채기가 심해 전기톱으로 몸체가 잘려나가기도 했다. 불행 중 다행이랄까 송피 부분만 심하게 다쳤지 송기 부분은 온전한 데다가 뿌리는 다치지 않아 지금은 치유가 상당히 진전되었단다. 다만 그 당시 트라우마가 엄청나 가끔 자다가도 헛소리하는 친구가 있다고 했다. 아직도 선명한 겉껍질의 화상을 보노라면 그 당시 숲속 가족들의 울부짖는 소리가 환청으로 들리는 듯하다.

한동안 못 본 것이 고관절 때문인 걸 알고 안부를 묻는다. 몇 해 전부터 오른쪽 고관절의 통증으로 고생깨나 했다. 동네 한의원에 갔다. 좌골신경통이란다. 오른쪽인데 좌골이라니 의아했다. 집에 와 iPad로 검색해 보았다. 왼쪽 좌左가 아닌 앉을 좌座, 좌골이었다. 그리고 환부가 고관절이 아니고 천골薦骨이라고도 하는 엉치뼈에 문제가 생겼단다. 삼 일 간격으로 세 차례 주사와 물리치료를 받고 약도 복용했지만 차도는 전무했다. 치료비는 차치하고라도 이백여 미터 되는 짧은 거리임에도 보행할 때의 통증을 견디기가 힘들었다. 그래도 아침마다 걸었다. 오백여 미터 거리의 문화유적지에서 스트레칭을 삼십여 분 정도 하고 나면 집에 올 때는 다소 호전되는 느낌이다. 통증 없이 살다 가는 세상은 정녕 없는 걸까?

밤마다 빈대처럼 괴롭히는 피부병을 밤낮으로 당한 이를 만났다. 대구 시내 안 다닌 피부과 병원이 없을 정도였다. 얼굴과 머리, 몸통 할 것 없이 괴롭힘을 당했는데 밤이면 더욱 심해 면도날로 그 환부를 도려내고플 정도였다. 거의 마지막 의원에 들렀을 때다. 육십 대 후반의 인자해 보이는 의사를 만났다. 대기석에 앉아 환자 치료하는 것을 유심히 보았다. 두 손바닥을 문질러 따뜻하게 해서 환부에 마사지와 지압을 계속하는 것이 아닌가. 그는 '바로 이거다! 유레카!' 마음속으로 쾌재를 부르고 매일 자주 손을 비벼 환부를 문지르고 누르고 했더니 반년쯤 지나자 그야말로 씻은 듯이 환부가 호전되고 체력도 강화되었다. 그는 그동안의 경험과 그 나름의 연구 결과를 유인물로 정리해 한 부를 내게 건네주었다. 믿거나 말거나 지푸라기 잡는 심경으로 오개월째 하고 있다. 이제는 월요일마다 산에 올라 허그하는 연인을 만나고, 다른 요일엔 왕복 3㎞쯤 되는 연못 주변에서 운동을 한다. 이젠 엉치뼈 통증은 견딜 만하다.

하산 길에 대곡지大谷地에 들렀다. 한갓진 덱의 벤치에 앉아 사방을 조망하다가 눈을 의심하게 되었다. 산의 친구가 산중을 제압하고 만세 부르는 반달곰 형상을 하고 있을 뿐만 아니라 연못 속에도 데칼코마니로 완전 대칭을 이룬다. 바람이 나들이 가면 더욱 선명하고 해 질 녘에 미풍이 돌아오면 눈을 현혹시키는 윤슬이 노안마저 호강시킨다. 산 능선과 수중에서 만세 부르는 반달곰의 웅대한 자태에 마음마저 흡족하다. 소나무 숲 사이를 스쳐 부는 바람이 피톤치드를 실어 나른다.

수목은 뿌리가 튼튼해야 하고, 인간은 다리가 튼튼해야 한다. 그래서 옛말에 "나무가 늙는 것은 뿌리가 먼저 마르기 때문樹老先根枯이고, 사람이 늙는 것은 대퇴골이 먼저 쇠하기 때문人老先腿衰이다."라고 했나 보다. 엉치뼈든 고관절이든 통증에서 벗어나기 위해 열심히 걷는다. 보생와사步生臥死:걸으면 살고 누우면 죽는다를 복창하면서…. 건강과 삶의 질은 정비례하기 때문이다.

지금까지의 삶이 실수도 하고 실언도 셀 수 없이 했겠지만 특히 후회스러운 것은 나에게 도움을 준 이들에게 변변한 감사를 제대로 표현 못 한 것이 자못 아쉽기만 하다.

40

영어권에는 'Thank you!'를 입에 달고 다닌단다. 심지어 부탁을 받고 제대로 들어주지 못했는데도 'Thank you anyway어쨌든 감사합니다!'로 감사를 표한단다. 그것은 부탁은 이루어지지 않았지만 나의 부탁을 해결하기 위해 그만큼 수고했기 때문이 아닐까?

감사感謝란 말을 한자로 풀이해 본다. 感느낄 감은 咸다 함과 心마음 심의 합성이고, 謝사례할 사는 言말씀 언과 射쏠 사의 합성이다. 射는 다시 身몸 신과 寸마디 촌의 합성인데 寸은 手손 수의 의미를 갖는다. 감사는 사전적으로 ①고마움 ②고맙다고 생각하는 느낌 ③고마움을 나타내는 사례 등의 의미를 갖는다. 한자에 담긴 뜻을 풀어보면, 감사란 '마음을 다해 말을 쏴라' 또는 '마음을 다해 몸과 손을 다 써서 말을 하라'가 된다. 1㎞ 거리를 쉬지 않고 걸을 수 있고, 긴 거리는 아니지만 트레킹도 하고 할딱고개도 오를 수 있는 것에 대해 감사하기 그지없다. 플라톤은 임종 시 자기의 운명에 대해, 첫째로 남자로 태어났고, 다음으로 야만인이나 짐승이 아니라 그리스인으로 태어난 것, 그리고 소크라테스와 같은 시대에 태어난 것을 열거하며 감사했다.

하지만 이 나이에도 성인병 약을 복용 안 해도 되게 균형 잡힌 식단을 꾸려주고 혈압 안 오르도록 정감어린 친구와 애인 역할까지 해주고 있는 동반자가 있어 마음에 간직하고 뼈에 새길 일이다. 라피크Rafik는 아랍어로 '먼 길을 함께하는 동반자'라는 뜻을 지닌 말이다. 그녀는 나에게 유일무이한 '라피크'로 언제나 소중하다. 나는 애처가愛妻家도 공처가恐妻家도 경처가驚妻家도 아닌 중처가重妻家를 선호한다. 이를테면 '아내를 다만 소중히 여기는 사내'라고나 해둘까. 그리고 자식과 손자들이 아버지, 할아버지 고관절 낫게 해달라고 날마다 기도한다니 그보다 감사만만感謝萬萬할 일이 또 어디 있을까? 그리고 이웃과 친지, 동료 선후배님 그리고 우주 만상! 'Thank you always항상 감사합니다!'

지금까지 삶이 Well-Being이었다면 앞으로의 삶은 Well-dying 하고프다. 그러기 위해 멋있게 늙어가는 삶, Well-aging 하련다. 스타벅스의 창업자 하워드 슐츠의 조언대로, 받은 것보다 더 많이 주고 감사를 잊지 않는 베푸는 삶을 영위해 보리라.

패밀리 셰프를 꿈꾸다

　몇 해 전부터 '쿡방'에 시선이 끌린다. 요즘 약어, 신조어 등으로 우리말인데도 한참 뒤에야 고개를 끄덕일 때가 있다. 쿡방도 마찬가지다. 이는 영어와 우리말의 합성어이니 더욱 그러하다. 아무리 융합시대라지만…. '요리하는 장면을 보여주는 방송프로그램'이니 'cook放'이라고 표기하지 싶으다.

　요리방송을 몇 년째 시청하고 있다. 까탈스럽지 않게 조리가 가능한 메뉴들을 기록하는 중이다. 대학 노트 두 권째 레시피를 작성하고 있으니 그 수가 제법 된다. 요리는 우리 부부가 좋아하는 것과 아들 내외와 딸 내외가 즐기는 것 그리고 친손주 둘, 외손자 둘 합해서 넷이 좋아하는 것 등으로 짜여져 있다. 이를테면 아들 세대가 선호하는 감자 빈대떡, 불고기 주꾸미 전골…, 손주들이 옆에 누가 있는지도 모르고 즐기는 안동찜닭, 탕수육…, 그리고 우리 부부를 위한 낙지 덮밥과 북어 강정 등이다.

지금까지 '이식이'든 '삼식이'든 별 저항감 없이 밝은 표정으로 끼니를 챙겨준 가속이었다. 나도 완전히 손을 놓은 것이 아니라 좀 거들기도 한다. 식료품 가게에서 구입했든, 우리 주말 농장에서 채취한 것이든 정갈하게 다듬어서 비닐 팩에 넣어 채소명과 날짜를 기입해 냉장고에 보관하는 정도는 내 몫이다. 푸성귀 가운데 그래도 괜찮게 하는 것은 '시금치 삶기'다. 신혼 초부터 지금까지 거의 내 손으로 한 것 같다. 시금치 분량에 비해 물을 다소 여유 있게 붓고, 굵은 소금을 1티스푼 넣고 나서 물이 끓으면 잎 부분을 잡고 뿌리 부분부터 넣어 삶는다. 소금을 넣는 것은 채소를 파릇하게 데쳐줄 뿐만 아니라 비등점을 높혀주니 선조들의 지혜를 엿보게 된다. '식당 개 3년이면 라면을 끓인다'는 우스갯소리가 있듯이 김밥용, 잡채용 그리고 무침용 등 아내의 요구에 맞게 척척 해 줄 수 있는 경지에 이르렀다.

수필엔 소재가 중요하듯, 요리에는 식재료가 중요하다. 요리 순서와 시간과 청결 그리고 솜씨를 비롯해서 정성이 중요한 것은 두말하면 잔소리이다. 소갈비 같으면 찜, 탕, 구이로 할 것이냐에 따라 갈비 1번부터 13번까지에서 선택해야 한다. 재료는 신선한 한우로 해당 부위의 것을 고른다면 그것이 요리 성공의 핵심이다. 최적의 부위를 구입하기 위해선 단골을 정하는 것도 한 방법이란다. 요리 실습과 함께, 새로운 별의 발견보다도 인류 행복에 공헌한다는, '새로운 요리의 발견'에도 관심을 가져봄 직하다.

인생의 법칙은 욕심의 경쟁이 아니라 만인의 선善에 기여하는 개인의 선善인 협동協同이라고 했다. 요리도 혼자 하기보다는 부부가 함께하거나 분담하면 시너지 효과가 발생하여 시간과 노력을 훨씬 줄여준다. 그런 가운데 둘 사이의 대화가 있고 나눈 정분이 가을 낙엽처럼 두둑이 쌓이기라도 하지 않을는지. 한자의 협協은 十열 십 변에 劦 협할 협 자를 합한 글자이다. 그 의미는 많은[十] 사람이 힘을 합한다 하여 화하다[和], 돕다[助], 맞다[合]의 뜻이 되었다.

요리는 일종의 연금술이다. 날마다 삼시세끼 요리하는

것은 아녀자에게 인내와 노고를 강요하는 일이다. 불과 물에 정신을 쏟고 설탕과 소금이 녹기를 기다려야만 한 다. 그렇게 함으로써 가족의 건강을 좌우하는 요리가 탄 생한다. 이 과정에서 신문을 보거나 TV를 시청하다 보면 요리를 망칠 뿐만 아니라 애꿎은 냄비를 숯덩이로 만들기 도 한다.

우리 가족의 생일에는 갈비찜이 메인 디쉬다. 아이들이 초등학교에 입학했을 무렵부터 계속한 듯하다. 연습을 많 이 해서 못 넘을 것이 없다더니 아내의 갈비찜 솜씨는 자 녀들이 불혹不惑대인데도 입에 오르내린다. 그런데 십여 년 전부터 소고기의 지방질이 어혈의 주범이란 말을 듣고 부터는 한동안 뜸했었다. 그러나 우리 부부의 생일에 아 들이 직접 해주는 소갈비찜을 어혈 생긴다고 외면할 수는 없지 않은가? 아들의 정성과 효심은 모든 나쁜 것을 막아 준다고 확신하고 기꺼이 뜯는다.

여러 해 전부터 Robert Bridges의 〈6월이 오면〉에서 우리 부부가 인간으로 태어나서 변하지 않는 가치를 관조 해 보곤 한다. 이를테면 '그녀는 노래하고, 난 그녀 위해 노래 만들고She singth, and I do make her a song.'를 감상하면서,

'아내는 서서 태우고, 난 그녀 위해 쇠수세미로 빡빡 문지르고.'를 연발한다.

"어휴 '웰빙 식단'이네요."

잔뜩 육류요리를 기대했던 백년손은 계면쩍게 입맛을 다신다. 그럼에도 아내가 조리한 것을 마주할 땐 아무리 언짢은 일도 떨쳐버리게 한다.

앞치마를 두른 낭자의 옆모습에서, 씨앗에서 새봄의 새싹을 보듯 내자의 내면을 더듬는다. 오늘 저녁엔 앞치마를 가까이해 봐야겠다.

왕우렁이

모처럼 산책길을 나섰다. 유월의 끝자락이라 신록이 탐스러워 마음마저 싱그럽다. 연못 둘레길 덱 통로에 마련된 벤치에 앉아 사방을 조망할 즈음 발밑에 왕우렁이를 보자 느닷없이 "빈대도 콧등이 있다."는 말이 뇌리를 스친다. 그도 그럴 것이 왕우렁이는 개체수가 적을 때는 논의 잡초를 먹어 제초제 역할을 했지만, 그 수가 미친듯이 늘자 벼를 갉아 먹는가 하면 미나리꽝을 작살내는 것은 여반장이다.

왕우렁이는 80년대에 남미로부터 식용으로 우리나라에 도입되었고, 10여 년이 지나고부터는 논의 잡초를 제거하는 데 이용하기 시작했다. 그런데 식욕과 번식력이 엄청 왕성하여 생태계를 막무가내로 파괴한다. 연구에 의하면 2020년대에는 우리나라 면적의 45.5%를, 60년 뒤에는 88.4%의 왕우렁이가 분포하게 될 전망이란다. 외국에서도 피해 사례가 속출하자 2013년에 국제자연보전연맹IUCN에서는 왕우렁이를 '세계 100대 악성 침입 외래종'으로 선정하였다. 여기에서 우리나라 교육에 검은 그림자가 드리워지는 것을 예감한다.

연못 속을 들여다보니 소왕국이었다. 이 왕국의 2세 교육 담당은 왕우렁이였다. 재앙은 미연 방지가 으뜸이다. 연못 왕국의 제왕인 가물치는 원로회의를 소집하여 대책을 논의했다. 그 후 제왕은 왕우렁이 수컷에 거세령을 내렸다. 알 상태에 있는 것은 부화와 동시에 거세하도록 했다. 왕우렁이 사회는 그야말로 곡성이 끊이질 않았다. 수컷은 맥을 못 추고 암컷은 밤이 기다려지지 않았다.

조선조 19대 숙종 때 내시들에 얽힌 일화를 패러디해보면, 환관들도 분주히 움직였다. 드디어 내시 대표들이 제왕에게 면담을 요청했다.

"전하! 저희 왕우렁이의 지위 향상과 권익 옹호 및 교육

여건의 개선을 도모하기 위하여 노동조합을 결성하고자 합니다. 윤허하여 주옵소서."

한참 숙고한 후 가물치는 수염을 한번 쓰다듬고 나서 천천히 입을 열었다.

"짐朕은 너희들의 노조 결성을 허락할 수 없노라."

"전하! 허락할 수 없으시다면 그 연유라도 말씀하여 주옵소서."

"그래, 다음 네 가지 사유를 단단히 일러 주겠노라. 첫째, 노동조합을 결성하려면 먼저 정관定款을 작성해야 하는데 너희들은 정관精管이 있느냐? 둘째, 정관이 작성되면 발기인發起人대회를 가져야 하는데 너희들은 발기勃起가 되느냐? 셋째, 발기인 대회를 무사히 치렀다고 치자, 다음엔 이해 집단들로부터 불평불만이 터져 나오면 일일이 찾아다니면서 사정事情해야 할 텐데 너희들은 사정射精이 되느냐? 마지막으로 예기치 못한 난관難關에 봉착하면 그것을 헤쳐 나가야 하는데 너희들은 난관卵管이 있을 리 없지? 이상과 같은 연유로 노동조합 결성을 윤허할 수 없노라."

환관 대표들이 코가 납작하여 몸 둘 바를 모를 때 학교 교육에 대해서도 천명하였다.

"먼저 역사교육을 제대로 하라구. 우리는 유구한 반만 년의 찬란한 역사를 갖고 있다. 더하지도 빼지도 말고 사실대로 사관에 맞춰 가르치라! 특히 계기교육시간에는 YouTube 등에 떠도는 검증되지 않은 자료로 학생들을 현혹해서는 안 될 것이며, 어쩌다 학생들이 잘못 인식하면 바르게 이끌어 줄지어다."

"전하, 또 더 있습니까?"

"가장 중요한 것이 남았다. 학생들의 인권을 존중한다면서 '놀 권리, 수면권 보장, 청소년 성관계 자율화'를 골자로 하는 '학생인권조례'를 만들려는 움직임이 있는데, 이는 절대로 불가하느니라. 학습지도는 쉽고 재미있게 가르치되 시시콜콜한 잡담과 농담으로 시간만 때우지 말고 밀도密度 높은 수업이 되도록 하라. 공부 시간에 조는 녀석, 아예 잠자는 녀석, 휴대폰으로 온갖 짓 하는 녀석은 엄벌에 처하라. 교칙을 잘 정비하고 어기는 자는 특히 선생님에게 불경不敬을 저지르는 녀석은 채찍을 가해도 좋다. 단, 감정을 실어서 체벌하지 말고 상처 안 나게 '사랑의 매'로…. '청소년 성관계 자율화'는 화두에 올리지도 말지어다. 한창 학업에 매진하여 장래 꿈을 설계할 나이에 '성관계'라니? 건전한 이성교제는 허용하되 그 이상은 NO 다. 생각 좀 해 보라. 그걸 허용한다면 그 부산물로 미혼모와 사생아 문제는 어떻게 하고, 더욱이 후천성면역결핍증 AIDS이 만연할 텐데 너네들이 생각이 있냐?"

미국의 천재 소설가로 《톰 소여의 모험》의 저자이기도 한 M. 트웨인은 "인간만이 얼굴을 붉히는 동물이다. 혹은 그렇게 할 필요가 있는 동물이다."라는 아포리즘을 남겼지. 인간이 염치와 수치심을 모른다면 금수와 다를 바가 무엇이랴. 우리 성인이 저지른 과오에 대해 반성은 하지 않고 '자화자찬'을 하거나 아니면 남의 탓으로 전가하는 태도나, '내로남불' 하는 꼼수는 인근 강물에 미련이나 아낌도 없이 훌훌 띄워 보내자구.

빈대도 콧등이 있다는데 우리 모두 염치를 이 혼란한 시기에 화두로 삼아 봄직하지 않을는지? 나아가 '인간만이 얼굴을 붉히는 동물이다'에 방점을 찍을 개연성이 있지 않을까? '사랑하는 임들이여, 내 마음이 꽃밭이면 벌과 나비가 떼서리로 날아올 터이고, 내 마음이 시궁창이면 파리와 모기 떼가 들끓을진저.'

카타르시스

대곡지大谷池가 방뇨를 한다. 그리도 타던 수줍음은 어딜 두고 힘차게 내뿜는다. 왕산王山의 산마루에서 팔공산을 향한 능선과 무당골 동편의 응봉을 향한 마루금 사이에 동화천의 지류가 흐른다. 중간쯤에 둑을 쌓으니 그 연못이 대곡지이다. 마춤한 여근상이다. 다섯해 전쯤 연못 주변에 덱을 설치해 이용객이 점점 늘고 있다. 차양을 한 지점도 있고 넓은 광장과 벤치가 있어 스트레칭하기와 아낙네들 삼삼오오 입운동 하기에 안성맞춤이다. 한여름을 제외하곤 오리가 날아들어 부르면 '꽥꽥' 하면서, 많을 땐 십여 마리가 연못 트랙을 유영한다.

삼복더위가 등줄기에 실개천을 만들 무렵 대곡지의 수위는 바닥을 치고 있었다. 죽은 물고기가 보일 때도 있고 악취가 풍기는 듯도 했다. 급기야 연못물이 녹색을 띠기 시작하더니 며칠 안 되어 녹색 융단을 깔아버렸다. 산도 물도 온통 녹색 일색이다. 6월 하순경 장마가 시작되자 연못물이 불어나기 시작하더니, 하루는 소나기가 쏟아졌다. 우산 준비를 하지 못해 속살까지 젖고 말았다. 가뭄 끝에 오는 비라 흠뻑 맞아도 억울하지 않았다. 다음 날 아침에 갔더니 연못에 황토물이 그득히 유입되자 녹조현상綠潮現象; algal bloom이 사라졌다. 배수로에는 폭포를 이루어 모여든 흰 거품과 생활쓰레기, 산에서 떠내려 온 나뭇가지와 낙엽들이 연못을 한번 배회하고는 배수로에서 슬라이딩을 한다.

내 육체도 지금은 1㎞가 조금 넘는 연못까지를 논스톱으로 걷지만, 한때는 연못의 녹조현상처럼 암울한 시기가 있었다. 걸으면 엉치뼈에 통증이 있어 200m를 가는 데도 몇 차례 쉬어야만 했다. 한의원에 가서 침 맞고 물리치료 받고 지어준 약을 복용해도 도무지 차도가 없다. F. 베이컨이 《학문의 진보》에서 "건강한 몸은 정신의 사랑방이며, 병든 몸은 감옥이다."라고 했듯이 삶의 질이 말이 아니었다. 그 무렵 아들네 가족이 다니는 교회에서 두 차례에 걸쳐 안수 기도를 받았다. 아들과 며느리의 적극적 주선인 것은 물론이다. 첫 번째는 다리 길이를 같게 맞춰 주었다. 단상에 구두 신고 누웠더니 한쪽 다리가 짧다고 하면서 어떤 부위를 어떻게 처리했는지는 모르지만 두 다리 길이가 같게 되었다. 이왕이면 '한쪽 다리가 더 길군요.' 했으면 기분이 더 좋았을 것 같았다. 몇 달 후 두 번째는 목사님의 열정적인 기도 끝에 아픈 부위에 손을 얹으라고 해서 난 오른쪽 엉치뼈에 손을 얌전히 올려놓았더니 이런 것이 기적이 아니더냐? 걸을 때마다 통증이 인상을 구겼는데 그것이 사라진 것이다. 우리 옆의 성도는 남편이 거시기에 손을 대니, 부인이 "아픈 데 손을 대라고 했지, 죽은 데 대라고 했소!" 하는 바람에 주변이 한때 속살거렸다. 자세가 발라야 한다고 주문했다. 앉을 때는 허리를 펴서 앉고, 걸을 때도 허리를 펴고 15° 상방을 보고 걸으라는 것이다. 군대 생활이 생각나게 하는 대목이다.

　지난봄에 건강 검진을 받고 보니 대사증후군代謝症候群; metabolic syndrome에 해당된다는 판정이 나왔다. 건강 문제의 위험성을 증가시키는 5가지 위험요소들이 있는데, 고혈압, 고혈당, 복부 비만, 높은 중성 지방, 낮은 HDL콜레스테롤 중에서 세 가지 이상 해당되면 대사증후군이라 했다. '복부 비만' 이외에는 모두 해당되었다. 그러나 중증은 아니었다. 해당되는 4가지 중에서 혈압이 제일 문제였다. 수축기/이완기가 150/90㎜Hg이었다. 혈압 약을 복용하라고 권유한다. "한 번 시도하면 죽을 때까지 먹어야 된다면서요?" "비타민을 매일 복용하듯 하면 됩니다." 나의 견해는 달랐다. 혈압을 '나이+90=적정혈압(수축기)'이라고 젊어서부터 믿어왔고, 지금도 변함이 없다. 일본의 저명 의사도 그렇게 주장한 기사를 읽은 적이 있다. 혈압에 대한 추가 검사 진료의뢰서를 작성해준 담당의사(여)에게 이 말을 했더니, "전 그런 얘기 들은 적이 없습니다."라고 해서 엄청 멋쩍었다. 그런데 의아스러운 것은 세월이 흐를수록 정상 혈압의 수치가 내려간다는 것이다. 한때는 130/85㎜Hg 하더니 지금은 120/80㎜Hg이란다. 이는 무엇을 의미하는 걸까? 항간에는 나쁜 가짜 뉴스도 떠도니 말이다. 혈압 수치란 시시때때로 변하는 종잡을 수 없는 것이 아니던가.

전 세계 식품 관련 저명 의사 세미나에서 3대 금기 식품을 선정하였다. 거기엔 가공육과 탄산음료 그리고 곱창이 그것이었다. 선정 이유는 이들이 혈관에 혈전을 생성시키고 노폐물을 양산하는 주범이기 때문이었다. 장수해야겠다는 관념보다 통증 없이 살다가 고종명하는 것이 나의 인생 경기 연장전의 모토이다. 염천 더위에 고여 있는 하천이나 연못의 녹조현상이 폭우나 홍수로 또는 태풍으로 다소 피해는 있더라도 말끔히 씻듯이, 균형 잡힌 식단과 걷기를 비롯한 꾸준한 유산소 운동 그리고 긍정적인 마인드로 혈관의 피떡과 노폐물을 말끔히 제거하여 대사증후군으로부터 벗어나고픈 것이 가장 큰 소망이다.

건강 잠언이 나를 일깨운다. "약으로 못 고치는 것은 밥으로 고치고, 밥으로 못 고치는 것은 걸어서 고친다." 언어에도 세대 차가 있음을 본다. "걸으면 살고, 누우면 죽는다."를 '보생와사步生臥死'라는 세대가 있는가 하면 '걸살누죽'이라고 하는 세대와 상존한다. 후텁지근하고 찌는 듯한 무더위와 지루한 장마도 유통기한이 있나 보다. 대곡지 배수로의 폭포 물줄기가 조금씩 잦아든다.

삼취三醉

올 가을은 날씨가 계절답잖다. 지리하게 흐린 상달 하순 어느 주말에 문장작가회에서 문학기행으로 전남 강진에 들렀을 때, 조선 시대 선각자 한 분을 동경하게 되었다. 다산 선생은 이곳에서 유배 생활을 했다. 그것도 18년 동안 이나. 정조가 승하한 뒤 천주교 사건에 연루되었기 때문 이다. 제대로 된 의지를 가진 사람은 위기를 기회로 삼는 영력이 있나 보다. 유찬 기간 중 마지막 10여 년 동안은 다산 초당(사적 107호)에서 생활하면서 제자들을 가르치 고 학문 연구와 저술 활동으로 승화시켜 500여 권의 책을 저술하였다.

다산의 대표 저서는, 수령이 지켜야 할 지침을 밝히면서 관리들의 폭정을 비판한 《목민심서》다. 해배되는 해인 1818년에 본문을 완성하고 3년 후에 서문을 완성하면서 가장 공들여 저술하였다고 한다. 수필 한 편도 데드라인에 허덕이고, 퇴고 또한 제대로 하지 않고 원고를 제출하는 이내 심경 내 가슴에 내 손 대기조차 부끄럽다. 세계적인 작가인 E.헤밍웨이도 현대판 《로미오와 줄리엣》으로 불리는 《무기여 잘 있거라》의 마지막 구절, "조상에 이별을 고하고 있는 듯했다. 한참 후에 병실을 나와 병원을 뒤로하고 빗속을 걸어 호텔로 돌아왔다."를 39번이나 퇴고한 유명한 문장이라 하지 않던가!

처갓곳으로 금의환향이 아닌 귀양살이였고, 처음엔 이, 빈대, 벼룩과 동침하느라 숱한 고생을 했지만, 그 후 사의제에서의 생활은 주모로부터 숙식을 제공받았으니 다소 낭만이 있었는 듯하다. 사의제四宜齊는 선생의 생활 철학을 엿보게 한다.

"생각을 맑게 하되 더욱 맑게, 용모를 단정히 하되 더욱 단정히, 말(언어)을 적게 하되 더욱 적게, 그리고 행동을 무겁게 하되 더욱 무겁게 할 것"을 스스로 주문하였다니

근엄하고 고결한 선비의 모습이다. 예전에 인물을 선택하는 데 표준으로 삼던 신언서판身言書判이 연상된다. 신수, 말씨, 문필, 그리고 판단력 네 가지와 비견할 수 있을는지? 사의제에서 기념촬영을 하고 나니 다산 기념관에서 보았던 독서에 관한 게시물이 떠오른다.

"독서야말로 인간이 해야 할 첫째의 깨끗한 일이다讀書是人間第一件淸事."

"지금 자면 꿈을 꾸지만, 지금 독서하면 꿈을 이룬다." 는 올해 세계 명문대 1위로 선정된 미국 하버드대 도서관의 슬로건 30여 개 중 하나다. 독서 삼매경이란 말이 있지만 책에 취하도록 공부해 보거나 읽기에 심취해 본 적이 없어 자손들에게 강추할 용기가 나지 않는다.

주문된 식사가 들어왔다. 4인용 식탁이 2개씩 4조가 놓여졌다. 우리 쪽은 한 식탁에 남 1인과 여 3인이 배정되었는데 옆 테이블도 동일했다. 양쪽의 남회원은 낙주가인데 여회원은 그저 술잔만 받을 정도다. 젊을 때 술꾼의 등급을 재미삼아 매겨본 적이 있다. 그것은 "愛之不如好之요 好之不如樂之라 환언하면 사랑하는 것은 좋아하는 것만 같지 못하고, 좋아하는 것은 즐기는 것만 같지 못하다."에

60

서, 애주가愛酒家, 호주가好酒家, 낙주가樂酒家 그리고 주선酒仙, 주신酒神 등 5등급으로 나눠 보았다. 나는 어느 등급에 속할까? 아마도 젊을 때 송강 정철의 〈장진주사〉를 애송하던 시절보단 강등되었지 싶다.

막걸리와 부침개가 상 위에 놓여졌다. 어젯밤에도 음주가 부족함이 없었건만 분위기가 좋아 술이 고파온다. 술잔이 비어도 따라줄 생각을 않는다. 그렇다고 부어달라고 부탁하기도 그러했다. 지부지처를 해도 되지만 노주모도 아닌 글도 잘 짓는 미녀가 따라주면 금상첨화가 아닐는지. 난센스 퀴즈를 내었다. "울릉도 옆의 섬은?", "흑산도 옆의 섬은?", 그리고 "마라도 위의 섬은?" 술과는 거리가 먼 그녀들이다. '독도, 소흑산도, 가파도'는 나와도 '따라도, 부어도, 쳐도'를 알 리가 만무하다. 그러나 몇 순배 돌아가자 술잔이 비기가 바쁘게 번갈아 따라주고, 부어주고, 쳐준다. 아무리 주당이라 해도 거나하게 취하니 술에 당할 장사가 있으리. 막걸리에만 취한 것이 아니었다. 동석한 세 미녀에게도 취하고, 옆 테이블의 대구문협 S 부회장의 현란한 언어 구사에도 취했다. 삼취시킨 그 오묘한 정령이 새빨간 단풍나뭇잎으로 고추잠자리처럼 수숫대

위를 떠다니는 듯하다.

다산茶山은 차를 마시면서 삼취해 볼 기회가 있으셨을까? 정약용丁若鏞의 사의제에서 그 정신과 그의 문학관과 하버드대학교 도서관의 독서와 관련된 슬로건에 심취하여 그 정령과 도킹한다.

교감交感

　화분에 심긴 식물이 피사의 사탑처럼 기울었다. 몇 해 전에 붐을 타서 들여놓게 된 산세베리아이다. 이탈리아 산세베로의 왕자 라이문도 디 산그로Raimondo di Sangro를 기리기 위해 명명했다는 이 식물은, 실내 공기를 정화해 주고 집안 분위기마저 환하게 살려준다고 해서 웰빙 식물이라고도 한다. 잎의 가장자리는 노랗고 반점의 폭이 넓으며 아름다운 것으로 봐서 변종인 '산세베리아 골든하니'임이 분명하다. 가정에서 식물을 재배하는 데 기본적인 팁은 물과 햇빛이다. 여기에 영양분과 정성 그리고 대화가 있으면 비단 위의 꽃이 된다.

약 5도 정도 기운 산세베리아를 분갈이 했다. 옮겨 심거나 포기 나누기는 6월에서 9월 사이 고온기에 해야 하는데 사정이 생겨 3월에 하게 된 것이다. 화분과 식물을 분리하자마자 내 눈은 휘둥그레졌다. 뿌리 사이에 떡볶이용 가래떡보다는 조금 작은 것이, 선인장꽃 피기 직전의 봉오리 모양의 볼품 있는 새싹 3개가 바깥세상을 그리워하며 화분흙 위로 머리를 치밀고 있었다. 순간 가슴 아린 모습을 보았다. 두 뿌리는 성한데 제일 많이 자란 것의 얼굴이 만신창이가 되었다. 아마 뽑을 때 윗 언저리가 오목한 화분에 걸렸었나 보다. 하는 수 없이 중상을 입은 것은 전지가위로 제거했다. 알에서 깨어나는 병아리처럼 안에서 약간의 사인을 줬더라면 화분을 파손해서라도 거룩한 생명이 보전되었을 텐데….

새로 마련한 옹기 화분에 플라스틱 거름망을 받치고 그 위에 난분용 흙으로 배수가 잘 되고 공기도 잘 통하게 깔았다. 그러고 나서 마사토와 원예용 거름을 적당한 비율로 섞어서 심었다. 잘린 새싹은 잘게 분쇄해서 미안함과 무지를 혼합하여 거름흙으로 썼다. 윗부분은 마사토만으로 마무리했다. 옮겨심고 나니 큰 잎 두 자루가 제 몸을 가

누지 못했다. 야외용 나무젓가락으로 늘어진 것을 괴었더니 3주쯤 지나자 제자리를 잡았다. 그 무렵 산세베리아 두 촉이, 띠앗이 좋은 남매처럼 튼실하게 화분흙을 헤집고 나왔다. 조석으로 보노라면 한 가족이 서로 돕고 사랑하며 배려하는 모습이, 오순도순 즐겁게 사는 어느 가정을 그리게 했다.

새싹을 잘랐을 때 그동안 잊고 살았던 그 녀석 생각이 났다. 우리는 삼 년 정도 교제를 하다가 꿈에 그리던 가정을 이뤘다. 우리의 첫 작품이 아빠·엄마와 눈 맞춤을 제대로 해보기 전에, 출생신고도 하기 전에 참척의 비애를 맛볼 줄이야! 몇몇 날 동안 아내의 부어있는 눈시울을 보면서 그 안쓰러움을 나숫는 묘책을 찾느라 또 몇몇 날을 방황했던가? 한밤중에 스틱스강을 건너게 한 그 외할머니의 심경은…. 헌데 나는 정작 덤덤했다.

"장자는 죽고 차자 장성하여 크게 될 괘."

토정비결을 맹신하는 것은 아니지만, 나에게 그 엄청난 일이 남의 일인 양 기정사실로 덤덤히 받아들이고 있었다. 마치 "네 운명을 사랑하라."는 호메로스의 메시지 아모르파티Amor Fati를 영접이라도 하는 것처럼.

하늘나라가 어찌 궁금하지 않으리. 천국의 고급 천사들이 내려와 그 녀석을 사랑으로 호송해 유아 생육시설로 데려가서 하늘나라 영계에 입양되리라. 거기엔 땅 위에서 자녀를 양육해 본 교모敎母라는 여성천사의 아기가 되고, 악의 그림자조차 없는 환경에서 행복하게 자라고 교육받으리라. 영계에는 '차별'이란 말이 존재하지 않는 듯하다. 모든 유아는 부모가 누구든, 어디에서 태어났든, 신앙의 유형과 그것의 유무에 상관없이 공평하게 보살핀다. 18C 스웨덴의 유명한 천재 과학자인 임마누엘 스베덴보리가 자신이 27년간 영계와 육계를 왕래하며 직접 체험한 증언이 허상이 아니길 소망해 본다.

스승과 제자 사이의 인연이 어느 기회를 맞아 더욱 두터워진다는 것을 줄탁동시啐啄同時라는 넉자바기로 흔히 비유한다. 닭이 달걀을 안아 병아리를 깔 때, 알 속의 병아리가 껍질을 깨뜨리고 나오기 위하여 안에서 쪼는 것을 줄啐이라 하고, 어미 닭이 밖에서 쪼아 깨뜨리는 것을 탁啄이라 한다. 이 두 가지 일이 동시에 행하여진다는 것이다. 이런 관계가 어찌 사제 간에만 국한되랴. 부모와 자식 사이, 인간과 생물 사이에도 그런 인연이 부지기수로 맺어지고 있지 않던가?

산세베리아가 분갈이의 홍역을 겪고 난 뒤 식구가 둘 늘어났다. 고온다습하고 밝은 곳을 좋아한다기에 남남동 방향인 거실의 창가에 두었다. 아내는 나날이 싱싱하고 탐스럽게 자라는 것이 사랑스러웠던지 아들네 집에 갖다 주잔다. 나는 전정되었던 그 새싹이 발효되어 남은 가족에게 자양분을 제공하는 데 일조했을 것이라고 짐작했다. 아무것도 모르는 이는 아무것도 의심치 않는다고 했다. 스승과 제자 사이, 부모와 자식 간 그리고 모든 연분에서의 교감의 중요성은 예나 지금이나 변함이 없나 보다. 이번 분갈이에서도 나와 산세베리아 사이에 교감이 제대로 이뤄졌더라면…. 이심전심이 안 된 소이연이런가! 아쉬움과 후회가 무지를 향해 하소연해본다.

여느 사람이 보지 못하는 것을 보는 눈과 들을 수 없는 것을 듣는 귀 그리고 나만의 가슴을 가질 수는 없는 것인가? 창가의 산세베리아는 어느 한 가정에 대한 일말의 가족사를 보여주는 듯하다.

속도위반

"Y 선생, 벌써 그만큼 진도 나갔어?"

동료들의 농담 반 진담 반 어린 짓궂은 질문 공세에 화끈 거리며 달아오르는 얼굴을 나슷는 데는 한참 걸렸단다.

우리가 경북 북부 지방에서 근무할 때의 일이다. 어느 핸 가 여름방학 기간 중에 대구의 팔공산 자락에 있는 동화사 에서 경북아동문학협회 주관으로 2박 3일 일정의 세미나 가 있었다. 동화사는 이름만 들었지 초행이었다. 사찰 경내 에 도착하여 절의 유래도 읽어보고 주변 경관도 두루 살펴 보았다. 회장이 같은 고장 출신이라 발표 지명도 받는 영예 를 얻었다. 저녁엔 회장과 역시 동향인 그의 친구 분과 셋이서 숙소를 같이했다. 동화사를 향해 우측 계곡 끝에 있는 '고려산장'에서 술잔을 기울이면서 담소를 나누었다. 나는 주로 빈 잔을 채우고 얘기를 듣는 것이 무척 즐거웠다. 두 분은 막역한 사이인지라 술에 얽힌 에피소드가 많았고, 그 얘기 보따리를 꺼낼 때마다 박장대소가 산중 모기마저 줄행랑을 놓게 한다.

친구 분은 회장을 보고 '금곡金谷' 선생이라고 호칭할 때가 있었다. 여성 편력이 하도 많아 얻은 닉네임이란다. 한자어 '金谷'을 뜻풀이 해보면 금방 미소를 머금게 한다. 金쇠금, 谷골곡 자이니, '쇠골→색골'이 아니던가? 계곡의 흐르는 물소리와 이름 모를 풀벌레들의 노랫소리가 엮어내는 여름 한밤의 정취가 이따금씩 괴롭히는 산모기의 공격을 제어하고도 남았다.

세미나 일정을 마치고 돌아와서 보고픈 이에게 이내 심경을 그린 색 향기로 띄워 보냈다. 편지라기보다 연시 처녀작이었다.

오동꽃이 상서롭게 피었다나
그도 겨울에

듣던 대로 산수가

그저 그만이었오

여장을 개울가에 풀었더니

밤 가도록 소나기 퍼붓는 줄 알았지

어느 후일

정이와 함께 가고픈

고려산장.

지난해 사범학교 동기생들과 설악산에 갔을 때 구입해 온 천연색 관광 엽서에 위와 같이 적었다. 혹여 다른 직원들이 볼까 봐 염려도 했지만, 무식한 놈이 용감하다고, 봉함도 아닌 엽서로 보냈던 것이다. 우린 근무지가 달라 주말 연인이었다. 문제가 생겼다. 엽서가 본인에게 바로 가지 않고 다른 직원들이 먼저 보게 된 것이다. 소문은 순천만 자연생태공원의 갈대밭 물결처럼 삽시간에 나고 말았다.

그땐 '속도위반'이 화두였다. 나에겐 왠지 부정적으로 각인된 듯하다. 정이는 겨울바다를 좋아한다고 했다. 그 후 우리는 저 멀리 눈 삿갓 쓴 소백산 연화봉이 손짓할 즈음 강릉과 양양 일대를 2박 3일 일정으로 첫 예비 여행을 했다. 강릉의 첫 밤을 지새우고 나서,

"잠 좀 잤나요?"

"잤는 것 같기도 하고 못 잔 것 같기도 하고…."

양양에서 두 번째 밤을 자고 나서, 서로 손을 만지작거리고 있는데 난데없이 경찰관의 검문을 당했다.

"어떤 사이인가요?"

"장인 되는 분의 성함은?"

심문을 끝낸 후, 간밤에 미국 배 한 척이 북한에 납치됐기 때문이라며 양해를 구했다. 이는 북한이, 김신조 일당이 청와대를 공격한 1·21 사태가 발생한 지 이틀 뒤인 1월 23일 동해안 공해상에서 미 해군 소속 정보 수집함 푸에블로 Pueblo호를 무장한 4척의 북한 초계정과 미그기 2대의 위협하에 원산항으로 강제 납치한 사건이다. 잠시나마 씹겁이 아닌 식겁을 먹었다.

떠날 때는 열차의 좌석이 홀가분했는데, 올 땐 입석뿐이었다. 덜컹거리는 열차에 피로와 멀미가 겹쳐 몸을 가누지 못하겠단다. 자리 양보는 꿈도 못 꿀 상황이었다. 입추의 여지가 없었다. 하는 수 없이 그녀를 껴안았다. 뭇 시선이 우리에게 쏠리는 듯했다. 한 사람은 식은땀을 흘리는데 다른 한 사람은, 걱정은 태산이지만, 느낌이 나쁘진 않았다.

시련은 기회의 또 다른 이름이라고 했다. 엽서 사건과 푸에블로호의 쇼크를 반추하면서, 동해의 거센 푸른 물결을 잊지 못할 추억으로 간직하면서 우리의 연정은 깊어만 갔다. 이리하여 우린 3년간 지극히 건전한 교제 끝에 속도위반 없이 웨딩마치를 터뜨렸다.

Beautiful life

오실농장

주말농장을 마련했다. 농지원부에 빠듯하게 등재할 정도의 면적이다. 농촌에서 태어났지만 농사를 지어보지 않았다. 모든 것이 서툴렀다. 유실수를 심고 사이짓기로 채소를 재배하기로 했다. 유실수와 채소의 종류를 선정하려고 할 때, 고대 인도의 위대한 왕인 아소카Asoka의 '다섯 그루의 작은 숲'이 떠올랐다.

아소카는 고대 인도 마우리아 왕조 제3대 왕이다. 그는 모든 국민이 최소한 다섯 그루의 나무를 심고 돌봐야 한다고 선포했다. 다섯 그루의 나무란, 치유력이 있는 약 나무와 열매를 맺는 유실수와 연료로 쓸 나무, 집을 짓는 데 쓸 나무 그리고 꽃을 피우는 나무를 일컫는다. 아소카 왕은 이들 나무를 심을 것을 권장했고, 그것을 '다섯 그루의 작은 숲'이라 불렀다.

아내와 의논하여 우리 농장엔 '오방색五方色 식물'을 심기로 했다. 다섯 가지 색의 유실수와 채소를 선정했다. 오방색이란 빨강, 청색, 노랑, 검정 그리고 흰색 등 한국의 전통 색상을 말한다. 오방색의 과일과 채소를 선정하게 된 것은 우리의 전통적 음식 문화 속에서 음양오행설陰陽五行說이 짙게 깔려 있어서 사람 몸의 각 부위는 음식 색깔을 맞춰 섭취하면 그 장기에 도움을 준다는 것이다. 우리 부부는 다른 이들도 그렇겠지만, 무턱대고 오래 살려는 욕망보다 통증 없이 즐겁고 보람 있게 살다가 가려고 한다. 유실수로는 감, 대추, 매실, 살구, 자두나무 등을 심고, 채소로는 토마토, 방울토마토, 고추, 청양고추, 오이고추, 시금치, 쑥갓, 상추, 부추, 호박, 당근, 무, 대파, 쪽파, 야콘, 비트 등을 시기에 맞게 심었다.

농장 둘레에 울타리를 쳤다. 들짐승의 피해가 나날이 늘어나기 때문이다. 원래 논이었기 때문에 물 빠짐이 좋지 않아 굴착기를 동원해서 둔덕을 만들었다. 둔덕에는 일정한 간격으로 묘목을 심고, 낮은 부분엔 이랑을 만들어 채소를 심었다. 농막도 지었다. 비바람과 햇빛을 막고 옷도 갈아입고 식사 및 휴식하는 데 안성맞춤이다.

몇 해가 지나자 묘목들이 제법 자라고 수확도 하게 되어 농장이 제법 어울렸다. 농장 이름을 지었다. 우리 부부의 이름에서 한 글자씩 따서 '오실농장五實 農場'이라 명명했다. 한때 빌딩을 하나 마련하게 되면 '오실빌딩'이라 해 보고 싶었던 적이 있었다.

제초제는 사용하지 않기로 했다. 그랬더니 잡초가 무성하다. 덥고 장마가 지면 잡초가 온통 농장의 주인 행세를 한다. 대파 심은 이랑엔 잡초와 뒤섞여 예초기刈草機로 베어 버리기를 수차례 했다. 하는 수 없이 나무 밑에 부직포를 깔고, 채소 이랑에 멀칭을 하고 그 사이에도 부직포를 깔았다. 온갖 채소도 비닐을 깔고 구멍을 뚫어 씨앗을 파종하고 모종을 옮겼다. 심지어 대파와 쪽파도 그렇게 했다. 잡초는 틈만 있으면 돋아났다. 부직포 위에 흙먼지만 쌓여도 씨앗이 어디서 날아왔는지 싹이 터서 자란다. 구멍 뚫은 곳에 조금만 소홀히 하면 잡초가 활개를 친다. 6·25 한국 전쟁 당시 뺏고 빼앗기는 고지전의 대명사인 백마고지 전투에서 열흘

동안에 고지 주인이 24번 바뀔 정도의 혈전이었듯, 채소와 잡초도 주인의 관심에 따라 주객이 전도되기 일쑤다.

　농장까지의 거리가 멀다고 탓할 수는 없다. 농장에 들를 때마다 각종 유실수와 채소들과 반가운 인사를 건넨다. 세상사 멀리서 보면 희극이요 가까이서 보면 비극이라 하지 않던가? 좀 더 정겨운 손길을 그들에게 보내야겠다. 주인의 눈과 발은 가장 좋은 비료다. 'The master's eye and foot are the best manure for the field.'라는 영국 속담이 마음에 와닿는다. 정녕 주인의 발자취가 토양을 걸게 하여 '오실농장'이 더욱 풍성하게 될 거라고. 나이에 걸맞지 않게 발걸음을 가뿐하게 내딛는 노부부가 한가위 달 같은 모습으로 산책길을 나선다.

막치 자매

해마다 칠월 칠석이 되면 이웃에 살았던 '까막까치 자매' 생각이 난다. 두 살 터울의 자매가 청상이 된 어머니와 한 가정을 이루었다. 언니는 명절 외에는 거의 검은 색조의 옷을 입고 다녔다. 동생은 검정색 블라우스에 흰 레이스를 단 옷을 입었다. 이를 본 동네 사람들이 언니는 까마귀를, 동생은 까치를 닮았다고 '까막까치 자매'라 불렀다. 어떤 이는 '막치 자매'라고도 했다. 성격 또한 언니는 수더분하고 착한 반면 동생은 날렵하면서 재치가 있었다.

까치는 가히 황소와 견줄 만했다. 한전 직원 셋이 연못가 전봇대 밑에서 까치와 실랑이를 하고 있다. 며칠 전부터 전

신주 윗부분에 짓고 있는 둥우리를 허물고 있는데 결말이 안난다는 것이다. 허물고 가면 다시 짓고…. 우리 주말 농장에도 지난 봄에 있었던 일이 이와 흡사하다. 15년생쯤 되는 살구나무 한 그루 있는데, 농장에서는 제일 키 큰 나무다. 농사꾼에겐 금쪽같은 봄날의 시간을 어영부영하다가 보름 만에 나갔더니 살구나무 동편 가지에 까치집이 얹혀 있었다. 대나무 장대로 해체해 봤으나 얼마나 정교하게 조립했는지 목이 부러지는 줄 알았다. 하는 수 없이 사다리를 놓고 손가락 하나가 잘려져 나가는 심경으로 지름이 7㎝ 정도 되는 가지를 싹뚝 잘라버렸다.

"꺅꺅 꺆꺆꺆…."

까치 두 마리가 시위라도 하듯 악을 쓰며, 이리저리 장소를 옮겨다니면서 요란하게 짖어 대었다.

"농장에 까치집은 절대 금물입니다!"

옆에서 그 광경을 보고있던 베테랑 농부가 일러준 말이다. 우리 가족은 '레드 비트'를 좋아해서 몇해째 재배하고 있다. 인체에 필요한 특수 영양소가 함유되어 성인병엔 물론 피부 미용에도 좋아 온 가족이 매일 이용한다. 잎과 뿌리, 버릴 것이 하나 없다. 그런데 작년엔 완전 실패작이었

다. 싹이 올라오면 잘리고, 좀 더 자란 것은 뽑혀서 시들고…. '고라니 짓이야!'

농사 짓는 사람마다 고라니의 횡포를 입에 올린다. 연한 잎은 갉아 먹고 뿌리는 먹은 흔적이 없다. 비트 잎은 섬유질이 많아서 짐승이 물고 당기면 뿌리째 뽑히고 만다. 올핸 그 피해를 줄이려고 길이 1.8m짜리 철사를 1m 간격으로 꽂고 그 위에 짙은 녹색의 비닐 그물을 씌워 대비했다. 지금까지 무사하다. 옆의 지인이 쇼킹한 정보를 준다.

"고라니가 아니고 까치짓이죠."

까치는 작은 물고기, 곤충, 곡식 등을 먹을 뿐만 아니라 숲의 해충을 포식하는 익조益鳥로 불린다. 그리고 좋은 소식을 전해 준대서 길조吉鳥로 알고 있다. 동양권에서는 이 새가 가까이 와서 울면 길조吉兆라 하여 반가운 새로 여긴다. 그래서 우리나라에서는 '국조'로 정해졌다.

까마귀는 날짐승의 심청이다. 지금까지 까마귀는 까치와 반대로 흉조凶鳥로 알고 있다. 〈연오랑세오녀설화〉에서, 까마귀는 '삼족오'라고 해서 태양의 정기가 뭉쳐서 생긴 신비한 새로 알려졌다. 한편 제주도에 전승되는 서사무가 〈차사본풀이〉에는, 인간의 수명을 적은 적패지를 강림이 까마귀를 시켜 인간 세계에 전하도록 하였다. 그런데 마을에 이르러 이것을 잃어버린 까마귀가 자기 멋대로 대중없이 외쳐댔기 때문에 어른과 아이, 부모와 자식의 사망 순서가 뒤바뀌어 사람들이 무질서하게 죽어갔다. 이때부터 까마귀의 울음소리를 불길한 징조로 받아들이기 시작하였다는 것이다. '까마귀 고기를 먹었나!' 적패지를 잃어버린 연유로 잘 잊어먹는 이에게 야유하는 말이 되었나 보다.

한편 이 새는 주로 무덤가에서 울거나 파헤치기 때문에 흉조라는 타이틀을 벗기란 힘들게 되었다. 그러나 까마귀는 행복을 아는 새인 것 같다. 영어의 행복이란 단어 'happiness'는 본래 옳은 일이 자신 속에 일어난다는 뜻을 가진 'happen'이 어원이다. 따라서 행복은 그 사람의 올바른 언행의 성과인 것이지, 우연히 외부에서 찾아온 운명의 에너지는 아니리라. 우리나라 한 원로 철학자는, 사랑하는 사람을 위해 고생하는 것 '사랑이 있는 고생'이 행복이라고 했다. 까마귀는 암컷이 포란하면 수컷은 포란 중의 암컷에게 먹이를 날라 준다. 다른 새와 달리 둥우리를 떠난 어린 새는 제법 오랫동안 어미새와 함께 지낸다. 그뿐이던가. 조류 중에서 늙고 병든 어버이에게 봉양하는 유일한 새가 이들이라고 하지 않던가!

아름다운 얼굴이 추천장이라면 아름다운 마음은 신용장이라 했다. 외모가 준수하고 마음까지 곱다면 이것이 바로 비단 위의 꽃이 아니랴. 그러나 세상사 그렇게 간단하지만은 않나 보다. 아름다운 장미와 몸에 좋은 매실에 가시가 있듯이….

조선 말기의 악공이자 풍류객인 박효관의 시조 한 수가 현세태를 꿰뚫고 있다.

　　　뉘라서 까마귀를 검고 흉타 하였던고
　　　반포보은反哺報恩이 그 아니 아름다운가
　　　사람이 저 새만 못함을 못내 슬퍼하노라.

반포보은이란 까마귀의 새끼가 다 자란 뒤에 어버이에게 먹이를 물어다 주며 길러준 은혜를 갚는다는 사실에서 나온 고사이다. 비록 까마귀는 그 겉의 색깔이 검어 사람들에게 흉조로 여겨지지만 자신이 받은 부모의 은혜에 보답하는 아름다운 심성을 지녔다. 까마귀가 반포하는 새라는 뜻으로 '반포조'라 일컫는 것은 그들 가문의 영광이 아닐는지.

그에 비해 세상에 겉은 깨끗해 보이지만 속이 검은 사람들이 많음을 한탄하는 넉자바기다. 닭 잡아 먹고 오리발 내어 놓듯, 가마솥이 노구솥보고 검다고 어불택발語不擇發한다면 그것이 바로 어불성설이 아닐는지?

  까막까치 자매의 친정 어머니는, 우산과 나막신 장수를 둔 어머니완 달리, 출가한 딸들 덕에 언제나 즐겁고 흐뭇하다. 큰딸이 보따리로 싸 이고 오면 그것대로 받는 즐거움이 있고, 작은딸이 그것을 가져가면 그것대로 주는 즐거움으로 충만했다.

개구쟁이들의 합창

오실농장은 개구쟁이들의 천국이다. 농장에는 채소와 잡초 그리고 독초들로 어우러진 개구쟁이들이 각자의 소리를 높이고 있다. 채소로는 잎채소, 열매채소, 뿌리채소를 계절에 따라 골고루 심어 가꾼다. 그런데 잡초와 독초는 심지도 가꾸지도 않았는데 자기들의 놀이공간을 넓혀간다. 급기야는 채소들의 안방까지 점령해 버린다. '악화가 양화를 구축한다bad money drives out good.'는 그레셤의 법칙이 자꾸만 되뇌어진다.

잡초는 아주 끈질기다. 뽑아도 뽑아도 끝이 없다. 마치 6·25전쟁 때 중공군의 인해전술人海戰術을 방불케 한다. 처음 농장을 마련했을 때는, 잡초 한 포기를 뽑으면서 '미안하다!', 벌레 한 마리 죽이면서도 '미안하다!'라고 했었다. 그러나 지금은 '이 웬수! 저 웬수!' 한다. 반면 가지치기를 할 때만은 '미안하데이!' 하면서 그 나무의 정령에 위로의 말을 잊지 않는다.

잡초가 다른 집 농장보다 더 무성한 데는 나 스스로 큰 몫을 했다. 늦가을에 제거한 잡초를 모아 두었다가 이듬해 봄에 다시 깔았다. 거름이 되지 않을까 하는 생각에서였다. 잡초 씨앗은 썩지도 않나 보다. 줄기차게 돋아난다. 멀칭을 하고 부직포를 깔아도 틈만 생기면 자기들이 점령해 버린다.

농토를 묵히는 햇수에 따라 자생하는 식물의 분포가 다르다고 한다. 통계적으로 1년을 묵히면 망초와 쑥이 활개를 치고, 2년을 묵히면 난데없는 칡넝쿨이 나타나고, 3년을 묵히면 억새, 4년을 묵히면 가시덤불이 명함을 내민단다. 우리 농장은 한 해를 묵힌 듯하다. 쑥이 자라기에 봄나물로 채취하면서 그대로 두었더니 몇 해가 지난 요즘은 그 일대가 완전히 쑥대밭이 되고 말았다. 망초亡草는 북아메리카 산임에는 분명하나, 일본이 우리나라를 강점하면서 나라 망하게 하려는 의도가 있었다는 데서 '망국초' 하다가 '망초'가

되었다는 설이 있다. 이게 사실이라면 창씨개명을 비롯해서 재산 강탈과 문화유산 훼손 등등 그들 잔인성의 끝은 어디메일까?

중년일 때다. 학교에 장학협의가 있었다. 전교가 떠들썩했다. 학습지도 준비에서부터 환경정리 그리고 청소에 이르기까지 모든 교실이 야단법석이다. 각 교실의 수업 참관과 업무추진 내용을 점검한 후 마지막 총평 시간이었다. 이때는 전 교직원이 주로 교무실이나 강당 같은 곳에 한데 모여서 이루어진다. Y 장학사는 "본교에는 잡초가 무성해서 젊고 장래성 있는 새싹들의 앞길을 가로막고 있다!" 이 이야기를 듣고 있던 한 친구는, "저는 젊도 늙도 안 했지만, 연세 높은 분들을 '잡초'라 한다면 그대는 '독초'인가요?" 회의장 이곳저곳에서 "옳소! 후후후!"라는 외침이 이어졌다. 협의라기보다 일방통행식 장학협의회 분위기가 서먹서먹해졌다. 교실 앞 꽃밭에는 새싹들이 파릇파릇 돋는데도 그의 얼굴은 울긋불긋 시네마스코프였다.

지금까지 나 자신의 모습에 대한 파노라마가 달리는 말 등에서 산을 보듯 스쳐 간다. 내가 나를 알려고 생각했을 때 나의 마음속에 처음 생긴 감정은 무엇이었을까? 나는 '겸손과 도전과 성실'이기를 바랐었다. "공손하면 모욕을 당하지 않고, 관대하면 많은 사람의 지지를 이끌 수 있게 된다."라는 말이 이젠 내 가슴속에 용해된 지 이미 오래지 않던가. 친구 사이에서, 직장 동료 사이에서 잘난 체하진 않았는지. 상대방에게 배려한다는 것이 오히려 누가 된 적은 없었는지. 상대방이 난관에 봉착했을 때 나만의 손익계산을 하고 있지는 않았는지?

독초는 적당량을 복용하면 특효약이 되기도 한다는데 하물며 잡초에서랴. 우리 농장엔 온갖 개구쟁이들이 한껏 뛰놀 수 있는 공간을 마련해 두련다. 야생화도 한몫 끼워 줘야지. 이 몸이 기함할 때까지 아내와 개구쟁이들과 함께 오실 농장에서 한껏 누려보리라. 개구쟁이들의 하모니가 잔잔하게 울려 퍼진다.

검은 별

밤하늘을 무던히도 그리워하는 친구가 있다.

북극지방의 오로라를 동경하지만, 그녀의 '별 사랑'을 지금까지 말린 사람은 아무도 없다. 큰 도시에는 별들이 전기조명에 가려 덜 보이지만 우린 변두리에 살기 때문에 도심지보단 크고 작은 촘촘한 별들을 즐기고 있다. 친구는 이 정도론 속내가 차지 않는 모양이다. 몽골의 수도로 '붉은 영웅'이란 뜻을 지닌 울란바토르의 밤하늘과 대평원에 별들이 쏟아지는 듯한 밤하늘을 그리고 있는 듯하다.

유목민의 천막집인 유르트YURT에서의 숙식체험과 낮에는 광야에서 바쁠 것 없이 풀을 세는 가축들을 바라보고, 밤에는 별무리들과 놀고픈가 보다. 시력 보호에 도움을 주는 루테인 계통의 건강보조식품을 복용하고 있지만 노안인 지라 현상유지도 급급하다. 우리나라 사람은 시력이 1.5이 면 정상이고 2.0이면 매우 좋다고 한다지만, 몽골의 대초원 에 사는 이들은 4.0 이상이 대부분이란다. 친구는 "몽골인 은 말 위에서 태어나 말에서 자라고, 말 위에서 죽는다."는 그들의 속담을 동경하고 있는 것은 아닌지? 나는 그 친구와 애인 겸 부부로 금혼식을 넘겨 가면서 1인 3역의 관계를 누 리고 있다.

더위가 기승을 부리는 8월이 되면 아로니아 추수를 한다. 꽃이 한꺼번에 피는 듯하지만 열매가 영그는 정도는 나무 그루에 따라 다르고 같은 나무라도 위, 아래 위치에 따라 약 간의 차이가 있다. 게다가 한 주저리에도 차이가 있는 경우 도 본다. 군대의 일등병이라고 다 같은 일등병이 아니듯이, 과일도 착색이 되었다고 다 영근 것이 아니다. 잘 익은 듯해 도 며칠 더 지나면 맛과 향 그리고 크기가 다른 것을 감지한 다. 아로니아도 그런 미묘한 현상이 나타나지만 가장 큰 차 이를 보이는 것은 아마도 무화과인 듯하다. 그래서 과일 종 류의 열매마다 출하시기를 맞춘다는 것은 예삿일로 보아지지 않는다. 사람도 독서를 많이 하고 심신수련을 많이 한 이가 인품이 다른 것은 과일에 비견할 만하다.

동네의 가까운 지인이 심어보라고 해서 5년 전에 심은 6년생 두 그루와 이제 4년생으로 작년에 구입해서 심은 6그루, 합해서 아로니아가 8그루다. 지난해엔 한 낱알도 남김없이 깔끔이 수확을 해도 우리 한 집 소요량밖에 되지 않더니만, 올핸 아들 딸네 포함해서 세 집의 한 해 사용분이 너끈한 듯하다. 게다가 처남이 엄청난 양을 보내줘서 이웃과도 정분을 나누었다. 작년에 수확할 때 풀쐐기에 한 방 쏘이더니 그 친구는 농장에 얼씬도 않는다. 풀쐐기 말이, "내 밥에 왜 손 대시오!" 하더란다.

세 차례에 걸쳐 추수했다. 수은주가 35℃를 상회하니 오전 11시만 되어도 육수가 쉼 없이 샘솟고 호흡마저 가파오르며 개구리처럼 할딱거린다. 주저리에 붙어 있는 잎을 떼어내고 세 번 씻어 물기를 뺀 다음 열매와 열매자루를 분리시키는 작업을 했다. 이 부분은 친구도 함께했다. 손놀림이 나보다 훨씬 재바르다. 하나하나 낱개로 분리시키지만, 씻을 때도 딸 때부터 낱개로 떨어진 것을 쇠조리를 쓰지 않고 양손 조리로 건져 올렸다. 아로니아 열매를 자세히 보노라면 배꼽 부분이 영락없는 별 모양이다. 씻을 때는 내 두 손으로 그 수많은 별들을 건져 올렸지만 꼭지 딸 땐 친구가 몽골의 밤하늘 별을 따듯 했으면 얼마나 좋을까.

아로니아는 블랙초코베리라고도 불린다. 안토시아닌 성분은 성인병에 좋고, 루테인 성분은 시력을 좋게 한다. 그래서 명의들이 '왕의 열매'라고 하나 보다. 하루에 30~50알 정도를 주스나 다양한 방법으로 복용하다 보니 건강 유지에 나쁠 것 같지 않아 여행 기간 이외에는 거른 적이 없다.

아침에 잠에서 깨어나면 정신을 가다듬고 그 자리에서 스트레칭을 한다. 두 손바닥을 36번 비벼 눈에 갖다 대면 손바닥으로 가려진 하늘에 검은 별이 셀 수 없이 몇 겹으로 빼곡히 박혀 있다.

아로니아는 밤하늘의 별처럼 반짝거리지는 않지만 인체에 이로운 안토시아닌과 루테인을 우리에게 선물하는 '검은 별', '왕의 열매'임이 적실하다.

그 친구가 동네 계곡의 대곡지大谷池 덱에서 바라본 밤하늘의 별로도 충족이 안 되면 현지 생활의 불편함을 무릅쓰고서라도 몽골의 별을 보러 가야겠다. 그네가 원하는 대로 핸드백의 지퍼가 잠기지 않을 정도로 따 담아 주련다. 검은

별 아로니아가 육체적 건강에 유용하다면, 몽골 밤하늘의
별은 친구의 가슴에 평안을 줄 듯도 하다.

　죽은 사람의 오구*도 들어 준다는데….

*오구 : '오구굿'의 '오구'

닮다, 사람과 나무가

　트럭 두 대가 편도 2차로 국도를 누빈다. 도토리 키 재보기 하듯 한다. 한 대는 이사할 나무를 실었고, 다른 한 대는 이삿짐으로 포장되었다. 이삿짐은 요동이 적으나 나무는 가지들이 노면의 요철에 따라 갈매기 춤추듯 한다. 이사는 몇 번째일까? 이식할 나무는 뿌리가 사정없이 잘렸고 가지마저 난도질 당할 텐데 그 고통과 스트레스는 어떻게 감당하려나. 그 뒤를 실버 커플이 자신들의 처지를 트럭들과 접목시키면서 뒤따른다. 이사와 이식 두 화두를 떠올리며 속내를 드러내자 입가에 잔잔한 고소와 미소가 연결된다.
　동네 산책로 옆 동화천 고수부지에 소나무 거목 여러 그루를 심고 있다. 기중기로 나무를 들어 구덩이에 뿌리 부분을 바르게 하여 인부 셋이 흙을 퍼넣으려 할 때 마침 들여다 보았다. 폐타이어 밧줄로 뿌리 부근의 흙이 떨어지지 않도록 꽁꽁 묶인 채로 심고 있었다. '짚으로 꼰 새끼줄도 아닌데 왜 고무 밧줄을 제거하지 않을까?' 싶은 생각에 한참이나 우두커니 서서 바라만 보았다. 가장자리 부근엔 우리나라를 상징하는 국화인 무궁화를 울타리용으로 촘촘히 심어 놓고 옆과 윗부분을 가지런히 잘라버렸다. 반면에 위치 좋은 곳에는 일본을 대표하는 꽃인 벚나무를 띄엄띄엄 심어서 여유롭고 기세 좋게 자라고 있었다. 나라꽃을 위치 좋은 곳에 심어 수세가 마음껏 뻗어나가도록 공들여 가꾸지 않고 울타리용으로 심고 있으니 국운이 어찌 창성하고 창대할 수 있으려나. 그날은 산책인지 뭔지 다리에 힘이 빠지고 하루 종일 미간이 조여 왔다.

가로수를 관리하는 방법이 나라마다 다르다. 팔공산 파계사로 가는 국도에 인도 정리 작업이 한창이다. 30년생은 된 듯한 느티나무 가로수가 싱싱하게 위세를 뽐내고 있다. 나무는 줄기와 가지가 자란 만큼 뿌리도 자란다. 뿌리가 크게 자라니 보도블록이 균형을 잃자 사람들의 통행에 많은 불편을 주었다. 그 치솟은 뿌리를 제거하는 작업을 하고 있다. 스페인을 여행할 때, 가로수의 치솟은 뿌리 관리 방법을 유심히 보았다. 가로수의 수종이 느티나무처럼 크게 자라는 나무가 아닌 것을 택하기도 했지만 처리하는 방법이 너무나 달랐다. 그 나라는 뿌리가 자라서 보도블록이 치솟으면 보도블록만 제거하고 뿌리는 원상 그대로 안전하게 보호하는 것이었다. 우리나라는 뿌리가 솟구치면 전기톱으로 잘라버리고 그 위에 모래를 깔고 블록을 덮는다. 사람이 태어난 가정과 조국을 탓할 수는 없지만, 나무도 어느 나라에서 자라느냐에 따라 팔자가 갈라지는 것을 목격했다.

사람과 나무가 닮았다고 하면 이상할까? 한 소녀가 초등학교 저학년일 때 이사로 부득이 전학을 하게 되었다. 처음엔 촌닭 행세를 하다가도 며칠 지나지 않아 새 친구도 생기고 집에 초대도 하면서 친교 활동으로 전학의 상처를 빨리 씻는 것을 보았다. 나무도 그러하다는 것이다. 어린 묘목은 햇볕과 토양, 수분만 적당하면 무리 없이 잘 자란다. 그렇지만 고목은 옮겨 심으면 홍역을 많이 한다. 큰 나무를 이식할 때는 가지치기를 하고 뿌리마저 왕창 잘라야 하니 새 잎, 새 뿌리가 돋는 데는 시간이 많이 걸릴 뿐만 아니라 새 뿌리가 돋지 않아 고사하는 것이 다반사다.

시니어들이 이사를 가게 되면 고목을 옮겨 심는 것과 너무나 흡사하다고 한다. 여성들은 그래도 이웃이나 사회활동에 친화력이 좋은 반면, 남성들은 그렇지 못한 나머지 우울증에 걸려 하찮은 일에도 넘어져 부상당하기 일쑤고, 급기야 생명을 단축한 사례가 주위에 수두룩하다. 고무 밧줄로 묶은 채 심은 거목은 3년 만에 고사 진행 중이고 느지막에 이사한 친구는 우울증에 걸리고 화장실에서 넘어져 알츠하이머를 앓으면서 몸과 마음이 제 것인 것이 하나도 없다. 자녀들이 자기네가 사는 곳으로 하루 빨리 올라오라는데, 친구들이 극구 말리는 까닭이 여기에 있나 보다.

그럼에도 불구하고 서울에 새 보금자리를 마련한 이유가 특별하다. 결혼해서 첫 셋집이 너무나 허술했다. 겨울이면 문풍지 사이로 밖이 훤히 보이는 방은 외풍이 심해서 머리맡에 놓아 둔 자리끼가 아침이면 얼음으로 변해 있었다. 문틈으로 황소바람이 들어왔다. 여름이면 지렁이와 전쟁을 했다. 부엌 밖에 수도가 있고 비누 공장과 사이에 배관도 없는 하수구가 있었는데, 비만 오면 지렁이가 하수구를 가득 메워 무슨 광란의 페스티벌을 보는 듯했다. 그들은 수도 주변까지 점령할 뿐 아니라 부엌까지 침입해 드는 것이다. 아내가 잠을 깨기 전에 그놈들을 퇴치하느라고 우수기에 신혼의 단잠을 설친 것이 부지기수다. 지렁이 퇴치에 소금이 명약이란 걸 그때 알았더라면….

새로 마련한 집은 규모나 자재가 마음에 와닿고, 천장이 여느 아파트보다 10㎝나 높아 내자도 흡족해한다. 내겐 신혼 시절 보금자리에 대한 미안함이 아직까지도 뇌리에서 지워 버릴 수가 없다. 하지만 사돈댁과 측간은 멀수록 좋다는데, 자녀들과의 거리도 여기에 포함시키면 어떨까. 기력이 쇠잔해지기 전에 함께 가까이 살아보자고 하니 고맙기는 그지없지만 어쩌랴! SRT를 이용해서 가고 오는 멋과 낭만을 만끽해 보고프다.

'너희는 너 쪼대로 살고, 우린 우리 쪼대로 살자꾸나.'

산수유山茱萸

산수유 한 그루를 농장에 심었다. 그것도 농막 바로 앞 매실나무 사이에 심었다. 이른 봄 꽃샘추위 속에서도 꽃망울을 터뜨리는 그를 보면 삶의 애환을 느끼지만, 혹여 아내와 동행할 때 그녀를 즐겁게 해주기 위해서다.

우리 부부는 주말이면 가끔 팔공산 한티재에서 파계재 쪽으로 산행을 즐겼다. 오르막과 평지, 내리막과 오르막이 절묘하게 어우러져, 마치 울산 고리원자력발전소 아래쪽의 임랑 해수욕장이 물놀이하기 좋듯, 산행하기에 안성맞춤이었다. 등산이 끝나면 제2 석굴암 방향으로 내려가는 중간쯤에 있는 한 식당에 자주 들렀다. 거기엔 닭과 오리를 방목

했다. 오리들은 산에서 내려오는 오염되지 않은 물이 계속 흘러넘치는 풀장에서 헤엄치며 꽥꽥거린다. 한편 닭들은 마당에서 노닐기도 하고 가끔 뒷산까지 올라가 먹이를 찾는다. 산 약초도 뜯어 먹고 벌레도 잡아먹고, 비가 오는 날이면 지렁이도 잡아먹는다. 그 집 뜰에서 병아리를 본 적은 없지만, 수입한 호주산 송아지를 6개월 이상 사육하면 국산이 되듯이, 어쨌든 토종이고 방목 닭이다.

그 식당에 산수유 한 그루가 새잎을 틔우는 중이었다. 내가 부러워하는 기색이 보였던지 주인이 밭둑 옆에 있는 한 그루를 캐 주었다. 그렇게 해서 심은 산수유다. 나는 수형을 중시하는 편이다. 식당 주인이 준 나무가 3년생쯤 되어 승용차 트렁크에 들어갈 정도만 남기고 가지가 잘려나갔다. 그래서 제대로 된 나무 모양이 나올지 궁금했는데 다행히도 자라면서 수형이 바로 잡혔다. 산수유는 층층이 자랐다. 본 가지와 중간 가지들이 균형을 이루면서 멋진 모양을 연출했다.

옮겨 심은 지 2년 만에 꽃이 피었다. 잎이 나지 않은 가지에 개나리꽃 색깔로 20~30개의 작은 꽃이 미나리와 파 꽃처럼 산형꽃차례로 주인의 마음을 사로잡았다. 나무 한 그루로도 이처럼 화사한 마음이 가득한데 군락지엔 어떨까? 농장일을 끝내고 잔가지 몇 개를 잘라 아내에게 건네주었다. 그녀는 아이들 생일에 해주는 '출산기념일' 선물 받을 때처럼 흐뭇해했다.

초겨울이 될 무렵 선홍색의 열매를 따서 술을 담갔다. 양은 얼마 되지 않았지만, 남성 거시기에 좋고 피부 상처를 낫게 하는 데 특효란다. 양주 빈 병에 담아 놓고 어서 백일이 되기를 가끔 들여다보곤 했다. 아내는 그걸 보고 야한 미소를 머금는다.

다음 해엔 더 많은 열매를 기대했었다. 이것이 웬일인가 늦가을이 되었는데도 열매가 안 보였다. 나무 밑동 가지에 십여 개가 달렸을 뿐이었다. 누가 손본 것이 분명했다. 봄에 그토록 잎이 나기 전에 흐드러지게 꽃이 피고 벌들도 다녀가지 않았던가. 그도 산수유가 남자에게 좋다는 걸 안 모양이었다. 주인 말은 콩을 마다던가.

지난해의 고추 생각이 났다. 고추라 해야 오십여 포기 심었는데 생각보다 탐스럽게 잘 자랐다. 첫 수확을 해보니 신기하리만치 굵고 길고 잘생겼다. 두 주 후에 두 번째 따러 갔다. 눈을 의심했다. 지난주에도 붉은 고추가 제법 달렸었는데 푸른 고추뿐이다. 고추는 맏물이 제일 튼실하고 끝물로 갈수록 품질이 떨어진다. 옛 조상이 하늘 천天, 땅 지地, 사람 인人을 뜻하는 콩 세 알을 심어 나눠 먹는 삼재사상三才思想을 따르고 있다. 그런데도 허가 없이 가져갈 땐 섭섭하기 그지없다. 배신감까진 아니라도.

이듬해엔 산수유를 유심히 살펴보았다. 꽃은 나무가 자란 만큼 지난해보다 많이 피었다.

벌들도 찾아들었다. 그런데 여름에 보니 열매가 안 보였다. 나무가 미워지기 시작했다. 화가 머리끝까지 치민 나머지, '내년에도 안 열리면 가지를 모두 잘라버릴 거야!'라고 산수유나무 정령에 호통을 쳤다. 그러고는 잡초 자라는 것을 막기 위해 덮어 두었던 부직포를 걷어내고 호미로 나무 둘레의 흙을 파보았다. 거름이라곤 찾아볼 수 없고 지렁이는 한 마리도 보이질 않았다.

지렁이는 작물 재배에 귀중한 존재다. 소금기와 기름기가 없는 음식물 쓰레기와 유기질거름을 주거나, 화학비료와 농약을 사용하지 않으면, 하루에 자기 몸무게만큼 먹고 분해하여 분변토를 내놓는단다. 이것이 작물이 자라는 데 최고의 영양분이다. 양질의 퇴비를 주고 잡초도 뽑아주고 불필요한 가지는 잘라주었다. 그다음 해엔 꽃은 말할 나위 없고 열매가 많이 맺혔다. 서리가 내리기 시작하자 열매가 착색되기 시작했다. 겨울의 문턱에선 완전한 선홍색이 되었다. 지난봄과 가을에 김매기해 줄 땐 지렁이가 두 마리씩 환대를 맞대고 짝짓기를 하고 있었다.

산수유 열매가 제자리에 찾아온 것은 내 호통 때문이 아니었다. 그것은 적당한 거름과 지렁이가 살 수 있는 환경을 가꿔주고 적절한 가지치기 등 정성을 들인 때문이리라. 잠시나마 산수유 열매가 달리지 않는 것을 남의 탓으로 돌린 것이 겸연쩍어 회오의 멍울을 가슴에 담아야 했다. 고추를 잃은 적이 있어서일까, 자라 보고 놀랐다고 솥뚜껑 보고 놀라다니…. 처음부터 삼재정신으로 농장을 가꿀 생각이었으니, 오히려 내 수고를 덜어준 셈 치자.

노란색은 '만국 안전보호색'이다. 산수유의 노란 꽃은 올해도 계획을 잘 세우고 철저히 점검하라는 주의의 신호로 보인다. 그리고 한여름의 짙푸른 잎사귀는 열정적으로 활동하고 봉사하라는 힘찬 출발 신호로 느껴진다. 하지만 과속은 말아야지. 지금까지 무인 카메라에 찍힌 것이 자동차 보험료 2년 치는 되지 않을까? 한편, 늦가을이면 열매가 붉은색으로 바뀐 것을 볼 때면 지난 일을 반성하고 새로운 계획을 세우라는 채찍질로 받아들인다. 산수유는 내 삶의 신호등이다.

잡초, 생명을 품다

생태계에도 이웃사촌이 있다. 당근 씨앗을 파종한 이랑에 잡초와 함께 발아가 잘 되었다. 몇 주 뒤 무성한 잡초를 뽑고 당근도 한 구멍에 가장 튼실한 것 한 포기만 남겨두고 솎아냈다. 요즘 각광을 받고 있는 비트와 삼채에 물 주느라 진을 거의 다 뺀 데다가 날씨마저 후텁지근하여 이마에 등산 수건을 두르고 자외선차단용 모자를 썼건만 눈에 땀이 스며들어 목에 걸친 수건으로 연신 훔쳐야 했다. 절반 정도 하고는 연장을 거두고 말았다.

당근은 처음에 말먹이로 쓰이던 것이 그것의 영양가를 알고부터 사람도 먹게 되었다. 이를테면 공식共食하는 셈이다. 한 주쯤 후에 주말농장에 가보니, 잡초를 뽑지 않은 곳엔 멀쩡한데 정리한 것은 모두 고사해 버렸다. 잡초는 으레 무성한 것이 아니라 결정적인 시기에 고마운 역할을 해준 것이다.

올핸 초여름 가뭄이 심하다. 농장을 강산이 한 번 이상 바뀔 정도로 경작하고 있지만 이처럼 비가 오지 않는 해는 처음인 것 같다. 대구가 과우寡雨지역이란 타이틀을 과시라도 하듯 두 달 넘게 비 구경을 하지 못했다. 가뭄도 주기가 있나 보다. 단기는 7년, 중기는 38년 그리고 장기는 124년마다 극심한 가뭄이 오는데 올해가 그 세 주기의 합쳐진 해인가 보다. 세 주기가 합쳐지려면 32,984년이 걸린다. 이렇게 오랜만에 찾아오는 기나긴 주기를 맞게 된다는 것이 행운일까 불행일까. 피할 수 없으면 즐기는 방법은 어떤 것들이 있을까? 가뭄과 폭우 등 기상이변이 저어하다.

잡초를 뽑을 때 수십 마리의 개미와 공생하는 것을 보았다. 바로 옆에 있는 감나무 밑 부직포 깔아 놓은 곳에서 도마뱀이 나를 힐끗 보며 찔끔찔끔 이동한다. 마치 내가 어렸을 때 도마뱀 잡으려고 꼬리를 잡자 그냥 떼고 달아난 것을 회상이라도 시키듯이….

땅에 가장 작고도 지혜로운 것이 넷 있다. 지구상에서 가장 많은 독자를 확보하고 있는 성경의 잠언에 의하면, 힘이 없는 종류이면서 먹을 것을 여름에 예비하는 개미와 약한 종류로되 집을 바위 사이에 짓는 사반과 임군이 없으되 다 떼를 지어 나아가는 메뚜기 그리고 손에 잡힐 만하여도 왕궁에 있는 도마뱀이라고 했다. 나는 이들 넷 가운데 둘을 한자리에서 본 것이다. 가뭄은 심해도 지혜로운 미물을 만나 어쩐지 기분만은 더할 나위 없다고 느낄 즈음 잡초의 정령이 우리 국민에게 던지는 메시지를 읽게 되었다.

"무엇이 발등의 불이오?"

나는 '갈등'이란 이야기의 말머리를 몇 번이고 되뇌면서 우리의 속내를 들여다보았다. 우리 민족은 순수함을 존중하는 편이다. 단일민족 국가라는 민족주의와 순혈주의가 다른 국가에 비해 강한 듯하다. 그리하여 다문화 가족과 입양아는 물론 새터민까지 그들의 삶에 불편을 주는 사례가 있나 보다. 한편 강대국의 틈바구니에서 고래 싸움에 새우 등 터지듯, 우리는 남과 북으로 분단이 되고 게다가 6·25라는 한국전쟁을 겪었다. 그로 인해 새터민과 다문화 가족이 생긴 것은 필연이었다. 주인이 맘에 들어 찾아온 손님을 내

맘에 안 든다고 내치는 것이 우리의 미풍양속에 합당이나 할는지?

우리 몸의 체세포 염색체 끝부분에 있는 구조를 텔로미어telomere라고 한다. 이는 노화될수록 짧아지는 속성이 있어 그 길이를 측정해 남은 수명을 예측하게 된다. 텔로미어를 짧아지게 하는 것이 하필이면 '가난'이라고 한다. 그러나 빈민층이라도 이웃과 친밀한 관계를 유지한 사람은 긴 텔로미어를 보유하게 된다. 이웃과 친하게 지낼수록 부자가 아니라도 수명이 연장될 가능성이 높다는 것이다. '100세 시대'라고 들떠 있지만 누구나 그 시대를 향유하는 것이 아니잖던가!

인접 국가를 생각하면 머리가 저절로 내저어진다. 핵무기로 골머리를 앓게 하는 북쪽의 럭비공 같은 나라, 위안부와 독도 문제로 우리의 마음을 닫게 한 동해 건너 여우 같은 나라, 우리 민족의 마음자리에는 앙칼이 들어있다. 남북 갈등, 동서 갈등, 남남 갈등 그리고 가족과 이웃 갈등, 이 무수한 갈등 또한 어찌 순탄하랴. 하지만 생태계는 인간보다 한수 위인 것 같다. 꽃과 벌은 꿀을 주고 수분을 하며 상생을 하고, 곡식과 채소와 잡초 또한 그러하지 않던가?

야구 용어에 '20-20 클럽'이 있듯이, 국제 사회엔 경제 대국이 된다는 의미의 '30K-50M클럽'이 있다. 이는 듣기만 하여도 '청춘'이란 말처럼 가슴이 설렌다. 이 클럽은 1인당 국민소득이 3만 달러 이상이고, 인구가 5천만 명 이상인 국가들이 소속된 클럽이다. 단순한 수치로서 의미만 있는 것이 아니라 세계 경제에서 차지하는 비중이 엄청나다는 것이 된다. 현재 미국, 영국, 일본, 독일, 프랑스, 이탈리아 등 6개국이 가입돼 있는데 우리나라가 일곱 번째 가입국이 될 전망이다. 우리의 경제적 위상이 선진국 대열에 들어서게 된다는 상징적 의미가 '메르스 쇼크'로 위축된 국민경제에서 대전환의 계기가 되었으면….

누워 식은 죽 먹기가 그리 흔하던가. 인구 문제에 있어서 오천만 명선을 자력으로 이룩한다면 금상첨화가 따로 있으려나. 우리의 젊은이들이 취업난과 천정부지로 치솟는 집값 그리고 물가 상승에 따른 생활비 문제로 연애, 결혼, 출산을 포기한다는 '3포 세대'가 늘어난다니 이에 대한 솔루션은 없는 것인가? 인구 문제의 확실한 해결책은 '남북통일'이 아닐는지. 이혼했다가 재결합하는 부부를 더러 보아온 터이다. 어떤 상황이든 대의를 위해서는 강자가 먼저 손을 내밀고 백배 양보해야 성사되는 것은 불변의 진리가 아니던가.

　시멘트와 자갈과 모래 그리고 물이 적당한 비율로 섞인 응집력이 시너지 효과를 내어 견고한 건축물이 되듯, 선진화된 국민의식으로 주변 국가와 화해의 길을 모색할 때다. 융합의 시대에 걸맞게 그어진 경계선을 허물자꾸나. 새터민과 다문화가족 그리고 입양아도 반갑게 맞이하자. 가뭄에 목이 타는 채소를 구출하는 잡초처럼, 나무와 잡초가 얽히고설킨 지역엔 산사태가 나지 않듯이, 우리도 국가나 개인이나 생태계와 모두 친근하고 정겨운 이웃 사촌으로 긴 텔로미어를 보유함이 어떠하리.

　보다 못한 잡초 정령의 화답이 메아리 지어 귓전을 맴돈다.

　"용서하시구려. 그리고 잊을 수만 있으면 더 좋은데…"

전문성에 대하여

느즈막한 오후에 고어텍스 차림으로 산책을 나섰다. 한여름의 칠석날이다. 목적지는 체조와 스트레칭을 늘 하던 장소이다. 옛적에 견우와 직녀의 두 별이 사랑을 속삭이다가 옥황상제의 노여움을 사서 일 년에 한 번씩 칠석 전날 밤에 은하수에 급조된 오작교를 통해 만났다는 전설이 깃든 날이다. 아직도 칠석물이 는개처럼 나린다. 지금 오는 비는 견우와 직녀의 이별의 눈물이겠지만, 어제 저녁에 내린 것은 상봉한 기쁨의 눈물일 터였다. 직녀는 하늘 나라에서 베를 가장 잘 짜는 규수였고, 견우는 농사일을 가장 잘하는 총각이었다고 전해 내려오고 있다.

아내와 체조를 하려는데 까치 한 마리가 모이를 쪼고 있다. 내 시선을 끈 것은 꽁지의 깃털 하나가 코뿔소의 뿔처럼 위로 솟구쳤다. 지나가던 산책객들도 신기한 듯 휴대폰을 들이댄다. 아마도 부상을 당해서 어젯밤 오작교에 참여하지 못했나 보다. 그 흔하게 보이던 까막·까치들은 보이지 않는데 이 녀석이 유일한 존재가 되어 스포트라이트를 한몸에 받는다. 하지만 그는 행복해 보이질 않는다. 그는 외로움일까 처량함일까 부끄러움이런가?

공자는 자신의 특기에 대해 말한 적이 있다.

"마차 모는 역자驛者로 할까 아니면 활을 잘 쏘니 궁수弓手로 할까?"

달항達巷이라는 마을 사람이 공자를 보고, "큰 인물이구나. 여러 가지 학문을 하여 박식하지만 어떤 일정한 일을 잘한다는, 즉 전문가라는 명성이 없구나."라는 말에 대해 웃으면서 한 대꾸이다. 이 일화는 우리에게 어떤 지혜를 시사할까?

송나라 역사책인 송서宋書에 실린 전문성에 관한 키워드가 있다.

"밭갈이에 대하여는 사내 종에게 묻고, 길쌈하는 것에 대해서는 계집종에게 물어야 한다(耕當問奴 織當問婢경당문노 직당문비)."

이는 모든 일은 그 분야의 전문가와 상의하여야 한다는 지상 명령이 아니던가?

독일의 와인 공장에서 품평회를 가졌다. 두 분의 전문가를 초빙해서 제품에 대해 평가해 달라고 요청했다.

소믈리에 A는 "가죽 맛이 풍기는 듯하군요."

소믈리에 B는 "금속 맛이 나는 듯하네요."

모두 의아해하였다. 특히 담당자는 그런 맛이 날 이유가 하등 없다고 확신하기 때문이었다. 그러나 오크통을 다 비우고 나니 '가죽 허리띠'가 통에 빠져 있었던 것이다.

TV를 통해 인사청문회 하는 모습을 볼 때가 있다. 인사청문회법은 대통령이 임명한 행정부의 고위 공직자의 자질과 능력을 국회에서 검증받는 제도로, 2000년 6월에 제정되면서 도입되었다. 이 법에는, "국회 소관 상임위가 청문회를 마친 뒤 내정자의 적격 여부에 대한 의견을 담은 경과 보고서를 내지만 대통령이 이에 따를 법적 의무는 없다."고 명시되어 있다.

그래서인지 어느 정부는 인사청문회법에 부응하지 못하

고 그 부서의 전문성과 거리가 있어도 서른세 번째 야당을 패싱하면서 임명하고 있다. 이러려면 그것은 하나마나다. 눈 감고 아웅이다. 그러나 야당 의원들의 견해를 묵살할 수는 있지만 언젠가는 부메랑처럼 목표물에 맞지 아니하면 되돌아오게 되어 있다. 뿐만 아니라 자기가 한 말과 행동에 자신이 구속되어 어려움을 겪는 것을 이르는 한자성어, 자신이 만든 줄로 제 몸을 묶는다는 뜻의 자승자박自繩自縛이 있지 않던가? 이는 자연의 순리요 섭리일진저!

인사청문회를 할 때 보면, 특히 야당 의원들의 질의가 매섭다기보다 살기마저 느껴 오싹할 때가 있다. 여당 의원들은 감싸고 옹호하는 인상을 지울 수 없다. 한 사안을 두고 어떻게 이처럼 다를까? 야당일 때 자신은, 윤동주 시인의 〈서시序詩〉처럼, "죽는 날까지 하늘을 우러러 한 점 부끄럼이 없기를, 잎새에 이는 바람에도 나는 괴로웠다."더니 상황이 바뀌어 본인이 청문회의 후보가 되니 가관이다. 외국에도 집이 있는가 하면, 어떤 후보는 도로교통법 위반으로 과태료 미납이 30회가 넘는 이도 있었다. 그런 인물이 장관이나 총리가 되면 그의 말발이 부서의 직원이나 국민들에게 잘 먹혀들까? 그가 청문회 후보자가 아니라 청문회 질의

자였을 때 그 자질을 따져보는 절차가 있었다면 어땠을까? 불현듯 새로운 속담이 뇌리에 꽂혀 헛웃음 짓게 한다.

'겨 묻은 개가 똥 묻은 개를 보고 구린내 난다고 못 한다.'

'윗물이 흐려도 아랫물은 절대 맑아야 한다.'

산책길에서 보았던 외로운 까치 한 마리와 전문성 없이 인사청문회의 후보자가 되어 국민의 관심과 우려를 받게 된 인물과 오버랩된다.

"전문가는 각기 자기 기술에 대해서 신임을 받아야 한다."는 고대 그리스의 수학자 피타고라스를 상기해 본다. 견우와 직녀의 다음 해후를 희원해 봐야지.

사고思考/事故

오귀스트 로댕의 〈생각하는 사람〉 조각상이 눈앞에 아른거린다. 진품은 리옹 미술관에 소장되어 있고, 뜰에 전시된 모조품을 프랑스의 역사 도시 리옹에서 본 적이 있다.《신곡》의 저자이자 고뇌하는 시인 단테를 아직도 생각하고 있는지, 한 세기가 훌쩍 넘도록 변조가 없다. 뿐만 아니라 "나는 생각한다. 그러므로 존재한다."고 강변한 R.데카르트에 맞서기라도 하듯…. 사고는 언제나 발전하는가 보다. 그것은 너무나도 먼 곳까지 현재 속에 머물러 있는 육체보다 더 먼 곳까지 내다본다는 의미이리라. 그런데 차량 운전 중에는 운전에만 집중하는 것이 안전 운행이 아니던가.

해파랑 길을 다녀오다기 앞 차량과 back hug를 했다. 조수석 앞 유리가 파손되면서 아내는 의식이 혼미해졌다. 차간 거리가 5m 정도일 때 앞차가 정지 신호에 멈춘 것을 확인하고 브레이크를 세게 밟았지만 어찌된 건지 차는 멈추지 않고 계속 나아가 기어코 앞차의 꽁무니를 들이받았다. 불가항력이었다. 눈 뜨고 도둑맞는 기분이다. 난생처음 겪는 일이다. '기가 막힌다'는 말이 이런 경우인가 보다. 어처구니가 없다. 난 안전벨트를 하고 운전대를 잡았으니 아무 이상 조짐이 없는 듯했다. 그러나 아내는 축산항에서 구입한 한라봉을 까주느라 벨트를 푼 상태에서 그런 사고를 당했다. 앞 유리가 거미줄처럼 갈라졌으니 이를 어쩐담. 불현듯 아내를 휠체어에 태우고 동네를 배회하는 모습이 그려진다. 아내는 천진난만하게 웃으며 지나가는 행인에게 빠짐없이 손짓하고, 난 모자를 푹 눌러쓰고 매일, 하루도 몇 차례 환자의 요구대로 동네를 돌고 돈다.

사고는 예고된 듯했다. 차량 점검하러 갔다. 브레이크 라이닝이 심하게 마모되었으니 교체하라고 한다. 하기야 16년이 되도록 교환한 적이 없으니, 미리 점검 안 한 것이 후회되었으나 그냥 출발했다. 평소에 길들여진, 브레이크 부품도 최근에 교체한 내 차를 두고 아내 차를 길들이기로 한 것이다. 그런데 전날 수면 부족인 데다 낮에 장시간 등산과 해파랑 길을 걷느라 피로가 겹친 데다가 식사조차 건너뛴 상태였다. 계획보다 하루 앞당겨 귀가하기로 했다. 아침에 펜션 주인의 식당 소개로 아점으로 먹은 식사가 좋았는데 돌아오는 길에 그 식당을 그냥 지나치는 바람에 저녁 식사도 거른 상태로 밤길 운전이었다. 어제 출발할 땐 주중 가운데 오전이라 교통량이 적어서 한결 홀가분했다. 그러나 주중이라도 초저녁엔 엄청 붐볐다. 그 식당에서 요기를 하고 커피도 한잔하고 휴식을 한 다음에 출발했었으면 하는 생각이 돌이킬 수 없는 후회막급이었다.

전날 낮에 강구항에 도착해서 그토록 군침 삼켰던 대게를 마파람에 게 눈 감추듯 한껏 즐기고, 노점상에서 오징어 한 축과 멸치 한 포를 구입해서 식당에서 소개해 준 펜션으로 갔다. 지은 지 얼마 되지 않아 깨끗하고 전망마저 그만이다. 달이 숨은 동해 밤바다는 탐조등이 비추는 부분만 용틀임하는 생동감이 있으나 그 외는 너무나 잠잠하다. 미동조차 느껴지지 않았다. 처얼석 처얼석 하는 파도소리만이 내 귀와 방파제를 후리쳤다. 내일을 위해 잠을 청하는데, 차에 지갑을 두고 왔다기에 다녀오고부터는 잠을 이루지 못했다. TV를 시청하다가, 수필집을 뒤지다가 휴대폰의 카톡도 들춰보았는데도 잠이 올 기미도 없이 오히려 눈이 더 말똥해졌다. 아침 6시경에 잠이 든 듯한데 몸이 영 개운하질 않다. 난 수면 부족 상태에서 운전대를 잡으면 졸음을 참지 못해 커피를 마시든지, 과일이나 스낵을 다시든지 그도 안 되면 허벅지를 꼬집는 버릇이 있다.

사고 처리를 하고 나서 택시를 대절했다. 기사가 위로를 많이 해 줬다. 앞 유리와 부딪쳐 유리가 파손되면 뇌손상이 적다는 것이다. 그토록 심하게 부딪혔는데도 피 자국이 없다. 차라리 피를 흘리면 더 안전하다던데, 아내는 전과 변함없는 미소는 기대 못 하지만 통증을 호소하지 않아 그나마 마음이 놓였다. 내비게이션 기능이 말썽을 부려 시간과 금전 손해도 보았다. 그까짓 건 문제가 되지 않았다. 사람만 무사하다면야. 아내는 삭신이 뻐근한 듯 몸을 뒤척인다.

어쩐지 이번 일이 사위스럽다. 교통사고 후 2주 정도 지나서 이상이 없으면 무사하다고 한다.

지금 반 년 정도 경과되었는데 사고하는 것이 사고 당한 사람 같지 않게 사고 전과 변함이 없다. 이젠 휠체어를 끌지 않아도 될 것 같다.

마침 앞 차량에 승차한 사람들은 이상이 없고, 차주는 오히려 우리의 안위를 걱정해 주었다. 앞 차량은 뒷 범퍼를 교체하고 완전 도색해서 견적엔 다소 고액이 청구되었지만 그것 또한 문제가 아니다. 배상 규정상 가해자 피해자 비율 관계없이 전액 배상했다. 만약 고속도로에서 사고를 냈다면 어떻게 되었을까? 시속 100km로 달리는 차량의 운전자가 2초만 졸아도 50m가량 전진한다고 하니 고속도로에서 졸음운전 사고는 가히 치명적임이 분명하다. 이런 경우 치사율이 통계에 의하면 14% 정도로 일반도로의 두 배에 가깝다고 한다. 고속도로로 진입하려다 놓쳐서 일반국도로 들어선 것도, 처음엔 불만이었으나 지내놓고 보니 그것도 불행 중 다행이란 생각이 들었다. 지금 내 차량은 17년째 운행 중이다. 곧 새 차를 구입하려고 한다. 어쩌면 마지막 차가 될 듯도 한데, 긴급 제동 장치와 졸음운전 모니터링 장치가 장착된 차량을 구매해야겠다. 값의 고하를 막론하고, 무엇보다 수면을 충분히 취한 뒤에 운전대를 잡아야겠지!

"미네르바의 부엉새는 황혼에 날개를 펴고 날아다닌다."

헤겔이 법률철학 요강에서 피력한 말이다. 지혜의 여신

미네르바가 총애하는 부엉새는 대낮의 활동과 현실의 움직임이 다 끝난 황혼에 조용히 날개를 펴고 날아다니면서 현실 활동의 자취를 더듬고 살핀다는 의미이리라. 사고는 현실의 뒤를 따라다니면서 현실을 합리적으로 해석하고 설명한다는 뜻으로 받아들이고 싶다.

동해안의 상징인 해와 푸른 바다를 벗 삼아 걷는다는 '해파랑 길'을 그날의 충격이 말끔히 씻어지면 몇 구간을 더 탐방해 보기로 했다. 아내의 머리가 차 앞 유리보다 더 강했던 모양이다. 그날의 사고로 인한 트라우마가 아직도 내 사고의 한편에서 살모사처럼 똬리를 틀고 있다.

나라의 얼굴

산은 사람의 얼굴을 닮았다. 크고 작은 산맥의 능선은 여러 얼굴 모양이 연속으로 보인다. 머리, 코, 턱 그리고 머리, 코, 턱이 크기와 높이는 다르지만, 완전 일방 연속무늬다. 산이 연이어진 능선은 모두 그렇게 보인다. 다른 이에게 물어본 적은 없지만, 나에게만 그렇게 보일 리가 없다.

우리나라의 산에는 한때 나무가 별로 없었다. 6·25 전쟁으로 산이 많이 황폐해졌다. 북한 인민군은 피난 간 사람들의 집을 모조리 불 질렀다. 집을 새로 짓느라고 산의 나무를 무분별하게 벌목한 것도 그 시기였다. 그런 가운데서 땔감은 산에서 주로 구하였으니, 가까운 산에는 나무 구경하기가 쉽지 않았다. 게다가 겨울철이면 솔가리를 긁어 땔감으로 사용했기 때문에, 땅에 거름기가 부족하여, 소나무들이 잘 자라지 못했다. 그 당신 웬만한 야산은 민둥산이었고 묘지가 많았다. 산이 나라를 알리는 얼굴이라면 묘지는 청소년들의 얼굴에 토돌 토돌하게 나는 여드름을 연상케 했다.

이 무렵 나라에서는 땔감을 적게 사용하는 방법을 국민에게 알리고 권장했다. 그리고 무연탄, 기름, 전기 등 대체 연료를 개발하는 데 힘썼다. 산에 나무를 심어 가꾸는 데에 국력을 집중시켰다. 수십 년 동안 끈질기게 노력한 결과 산은 점점 푸르러만 갔다. 다만 산불이 자주 나서 싱그럽고 아름다운 산의 모습을 일그러뜨렸다.

내가 중학생일 때, 우리 동네에는 '만물박사'가 한 분 있었다. 그는 모르는 것이 없어서 그런 칭호를 갖게 되었다. 아직도 기억나는 것이, 수학의 루트며, 만유인력에 관한 얘기 심지어는 '4월은 잔인한 달…'로 시작하는 T.S 엘리오트의 '황무지'도 구성지게 읊어 주었다. 박사의 얼굴은 특이했다. 여드름 자국이 유별난 데다가 화상을 입어서 얼굴 피부가 울긋불긋할 뿐만 아니라 이리저리 불규칙하게 당기고 망가져 보는 이마다 안쓰러워했다. 얼굴 모습에서 우리는 가끔

'총천연색 만물박사'라고도 불렀다.

그분의 얼굴은 산불 때문이라고 했다. 산에 나무하러 갔다가 워낙 추워서 불을 피웠는데 갑자기 세찬 바람이 불어 불이 번져나가자 생솔가지로 끄다가 급기야는 온몸으로 뒹굴다가 그 지경이 되었다. 친구랑 둘이 불을 쬐고 있었는데 불이 번지자 너나들이하던 친구는 도망가버리더란다. 울며불며 불을 끄다가 그만 옷에 불이 옮겨 붙었다. 나중에 마을 어른들의 도움으로 불을 간신히 잡긴 했지만, 평생 혼자 사는 처지가 되었다. 요즘처럼 성형술이 발달했었더라면…. 학식이 높고 얼굴이 잘생겼었다던데.

얼굴은 가꾸어야 더욱 돋보인다. 가꾼다는 것은 성형하자는 것이 아니다. 10대들은 토너나 로션만 발라도 멋져 보이는 풋풋한 피부가 아닌가. 그러나 더욱 아름다워지려면 사랑이 있어야 한다. 사랑은 일방통행이 아니다. 주기도 하고 받기도 해야 한다. 무엇보다 자기 자신을 사랑해야 한다. 겉포장만 야단스레하는 화장은 신뢰할 수 없을뿐더러 혐오감마저 준다. 특히 히스테리가 심한 노처녀의 변장이나 환장이 아닌 참사랑으로 가득한 청소년들의 푸르고 싱싱한 화장을 해야겠다.

산도 그렇게 가꿔보자. 산이 우리에게 주는 고마움에 늘 감사하면서.

언제부턴가 산을 찾는 이가 부쩍 늘었다. 특히 주말의 이름난 산에는 발 들여 놓을 틈이 없다면 다소 과장일까? 몸과 마음의 건강을 위해서, 가족과 친구 그리고 연인의 관계를 더욱 도탑게 하기 위해서는 더할 나위 없는 건전한 레포츠다. 잠시 부주의로 산불이 난다면 그 피해는 말할 것도 없이 엄청나겠지만, 복구하는 데 반세기도 넘게 걸린다고 하지 않던가.

며칠 전 개밥바라기가 가뭇없을 무렵에 시내에서 집으로 가는 중이었다. 마을 부근 산의 불탄 모습이 어렴풋이 보였다. 봄비가 사나흘 지짐거린 기분이었다. 어릴 적 그의 모습은 무서웠지만 아는 것이 많아 무척이나 질문하며 따랐던 바로 그 '시네마스코프 만물박사'의 모습으로 바뀌었다. 그 싱그럽던 산은 얼굴에 화상을 입고 여드름 자국이 희미하나마 군데군데 남아 있었다. 우리 산은 우리나라의 얼굴인 것을….

Graceful life

버킷 리스트

가내* 또한 족복足福을 타고났나 보다. 우린 버킷 리스트
Bucket list를 작성하였다. 살아생전에 꼭 하고 싶은 일과 보고
싶은 것들을 적어서 목록을 만들었다. 두 장의 리스트를 펴
놓으니 하고 싶은 것도 많고 보고 싶은 것도 수두룩했다. 아
내와 공통적인 것은 우선순위에 놓고, 각자 1순위는 차선
순위에 놓았다. 그리고 우리는 진정 마음을 비우기로 했다.

아내도 벌써 하고 싶은 대로 해도 법도를 어기지 않는다
는 나이의 생일을 맞이하게 되었다. 축하 모임은 가족끼리
하되 아들이 사는 서울에서 호젓하고 분위기 있는 장소로
정하겠단다. 그리고 여행비를 마련했으니 행선지를 물색해

보란다. 우리는 지중해 삼국(터키, 그리스, 이집트)을 둘러보기로 하고 여행사에 계약금까지 넣었다. 지금까지 국외여행을 20여 개국 정도 다녀본 것 같다. 갈 때마다 감회가 새로운 것은 나이 들어서도 마찬가지다.

여행할 때 아내를 동반하는 것은 마치 연회에 도시락을 지참하는 것과 같다고들 한다. '나도 그래?' 자문해 보았다. 여행하다 보면 구성원이 다양함을 보게 된다. 부부, 부모와 자식, 친구, 직장 동료 등이다. 우리는 조손끼리 국외여행을 두어 번 한 적이 있다. 친·외손자들이 모두 저학년일 때라 천방지축이었다. 주위에서 하는 소리가,

"아이구, 고생하시겠어요."

우린 오히려 그걸 즐거움으로 삼는다.

며칠 전 같은 날, 너는 상행선 나는 하행선 하듯 국내여행을 했다. 아내는 자신이 운영하는 도서관 자원봉사자들과 부산으로 '독서 기행'을 가고, 난 수필과지성 창작아카데미에서 진주로 '문학 기행'을 떠났다. 진주성의 남강 변 벼랑 위에 있는 촉석루에서였다. 여름이 타고 남은 계절에 오곡백과가 혀를 빼물고 자란다는 갈바람을 만끽하면서 실눈으로 산성 위를 바라보았다. 그때, 매 한 마리가 쏜살같이 내

리박히고 있었다. 이런 상황을 제갈공명이 보았다면 어떤 점괘를 내놓을까? 길흉조 어느 쪽일까? 가슴팍 한가운데에 바늘 끝으로 긋는 전기가 흐르는 듯했다.

문학 기행을 보람있게 마치고 집에 도착했다. 문을 열고 나오는 아내의 모습에 아연실색했다. 목발을 짚고 다니는 사람, 휠체어를 굴리고 다니는 사람, 팔 목걸이를 하고 다니는 사람을 무수히 봐 왔지만, 아내가 팔 목걸이를 할 줄이야! 그것도 오른팔을, 부산 해운대 해수욕장에서 소녀 적으로 되돌아가 밀물·썰물과 노닐었다. 몇 차례 거듭된 뒤에 느닷없이 이안류성 파도가 덮치더란다. 뒷걸음질하는데 물이 발목까지 차오를 즈음 그만 넘어졌다. 뒤로 돌아서서 달렸어도 괜찮았을 텐데…. 평소에 낙법을 제대로 익혔어도 무사했으련만, 통증을 참느라 무진 애를 썼겠지? 설상가상으로 토요일 저녁이라 전문의들은 모두 퇴근한 상황이었다. 느즈막에 출산 진통 수준의 고통을 겪느라고 마음고생도 어지간했으리라.

둘만 살고 있으니 끼니가 걱정되었다. 때마다 실수도 잦았다. 식사하려고 반찬 다 차려놓고 밥을 푸려고 하는데, 생쌀 그대로인 적이 있었다. 그뿐만 아니라, 물 안 붓고 취사

버튼을 눌러서 나중에야 다시 물 붓고 한 적도 있다. 전기밥솥이 나오기 전에 쌀을 조리나 바가지로 일어서 솥가지 때어 밥을 짓는 일에 비하면 얼마나 수월한가. 반찬은 코치를 받아 어지간히 간을 맞추고 맛을 내었다. 생쌀에 서정抒情의 물을 부어 밥을 짓는 이가 시인이라더니, 시 쓰듯 밥 짓는 재미가 쏠쏠할 때도 더러 있다.

아이들 키우면서 머리 감겨줄 때 눈 따갑다고 야단법석이었는데, 아내는 잘도 참는다. 내복 위에 브래지어도 등 뒤에서 걸어주곤 한다. 그러나 목욕을 시켜주겠다는데도 그것만은 안 된다며 대중목욕탕을 고집한다. 비닐봉지와 고무줄을 목욕 바구니에 챙겨 넣었다. 아내가 손목 골절상을 입은 것은 그나마 다행이었다. 다리나 고관절 같은 부위가 골절되었더라면 생사람이 얼마나 그리울까. 오른손을 다치고 나니 왼손을 쓰게 되었다. 숟가락질이나 포크질할 때 협응은 다소 떨어지지만 나날이 향상되는 듯했다.

여정旅情은 연정戀情과 비슷하다고 했다. 깁스한 것을 크리스마스 전에 풀고 나면, 우리가 작성한 버킷 리스트에 따라 연인으로 국내든 국외든 많이 다녀야겠다. 그러기 위해 체력 단련을 꾸준히 해야지. '연습으로 못 넘을 벽은 없다'고

항다반으로 이르집던 터였다.

　정말로 다행한 일이었다. 여행지에서 일어날 뻔한 엄청난 재앙을 막아 주었다는 데서 거듭 고마울 뿐이다. 자기 몸이 희생될 걸 뻔히 알면서도 주인님의 불행을 미리 막아 준 '칭기즈칸의 매' 생각이 잠시 스쳐 간다. 6주간의 치료가 끝나더라도 즐겁고 고마운 마음으로, 당신을 배려하리라.

　마음을 깨끗이 비운 자리에 다섯 그루의 나무를 심어야겠다. 치유력이 있는 약나무와 열매를 맺는 유실수, 땔감으로 쓸 나무와 목재로 쓸 나무 그리고 꽃을 피우는 나무를 심겠다. 그리하여 몸과 마음을 튼실하게 가꾸련다. 깁스를 푼 후,

　"여보, 국외여행 재예약했우다!"

　날감 씹은 얼굴로 누워있던 아내가 함박꽃 얼굴을 하며 벌떡 일어난다.

　*가내: '아내'의 제주도 방언.

영릉英陵

신성한 지역임을 알리는 문이 터덜거리는 발길을 바르게 잡는다. 그것도 영릉英陵의 홍살문이다. 영릉은 조선 제4대 세종과 소헌왕후의 합장릉이 아니던가? 지척에 또 다른 영릉寧陵이 있다. 조선 제17대 효종과 인선왕후의 능이다. 이 능은 왕과 왕비의 봉분이 각기 따로다. 이 두 능은 한글 표기로는 같으나 한자로는 다르다. 더위가 막바지를 막 넘어설 때 대구에서 출발했다. 오후 늦게 입장해서 전시관과 왕릉 그리고 측우기를 비롯한 발명품들을 노천 전시장에서 둘러보고 나니 어느덧 관람마감시간이 가까워졌다.

세 공간(진입, 제향, 능침)을 두루 확인하는 동안 저절로 옷매무새를 단정히 했다. 능을 참배하러 갈 때는 어도御道로, 내려올 땐 신도神道를 이용했다. 지나가는 새들도 스치는 바람도 '다소리, 호소리' 하며 방문객을 반긴다. 두 능을 다 보고 싶었지만 세종릉을 참배했으니 효종릉은 생략하기로 했다. 마치 중국의 5악(동악은 태산, 서악은 화산, 남악은 형산, 북악은 항산 그리고 중악은 숭산)을 보고 와서 다른 산을 보지 않고, 황산을 보고 와서는 오악을 보지 않는다五岳歸來不看山 黃山歸來不看岳는 표현이 이런 맥락일까?

정문을 나와 기념품 가게에서 대나무빗 하나를 구입하고 플라스틱 의자에 앉아 헛개나무수를 마시며 초가을의 하늘을 바라본다. 세종대왕이 아니었다면 우리는 어떤 문자와 말을 쓰고 있을까?

대왕은 백성을 무던히도 어여삐 여기셨나 보다. 훈민정음 창제의 이유가 '한자의 난해성과 이두문자의 불편'이라고 했다. 한글은 신비로운 문자라 부르곤 한다. 그것은 세계 문자 가운데 유일하게 그것을 만든 사람과 반포일 그리고 글자를 만든 원리까지 알려졌기 때문이다. 훈민정음 즉 한글은 세종이 5여 년간 단독 프로젝트로 비밀리에 창제한 우리글로서 세종의 애민성을 가늠할 수 있는 척도가 되지 않을는지.

세계 어문학자들도 우리 한글이 지구상의 그 많은 문자 가운데 논리성과 과학성 그리고 활용성 면에서 최고의 문자라고 판단했단다. 한글은 정말로 배우기 쉽고 쓰기 쉬운 문자다. 초등학교 고학년 이상이면 거의 소지하고 있는 휴대폰의 활용도와 신속 정확 면에서 이 또한 세계 으뜸이란다. 인도는 국가의 공식 언어가 8개나 된다. 정부에서 발송하는 공문이 같은 내용을 8가지 언어로 작성한다는 의미다. 우리는 어떤가. 단일 문자다. 한 할아버지 자손으로 단일 민족이다. 오랜 역사이다 보니, 글로벌 시대에 걸맞게 국제화가 되긴 했지만.

우리는 지구상에서 유일한 분단국가다. 남한과 북한은 같은 민족이고 같은 문자와 언어를 사용하니 이념만 접근하면 두 국가가 통일하는 데 무엇이 장애가 될까? 우리가 통일하게 되면 주변 국가나 세계 각국으로부터 시기와 질투 없이 진정 안팎으로 축하받을 수 있도록 우리의 처신과 노력이 있어야겠지?

국제 사회는 온통 경쟁이다. 경쟁의 세계에는 '이기느냐, 지느냐' 단 두 마디 말밖에는 없는 듯하다. 우리 남과 북이 합치면 동·서독 통일보다 시너지 효과가 더 클 것으로 예측된다. 남·북한 군사비용을 통일 비용으로 전환한다면 금수강산에 건설과 축복의 메아리가 울려 퍼지겠지. 이산가족들의 통한도 해결되고, 남북 대치에서 오는 불안감이 해소되면 건강 백세는 따논 당상이다. DMZ에 생태공원을 비롯한 각종 관광자원으로 활용한다면 세계관광명소로 등극하고, 그러면 달러화, 유로화, 위안화, 엔화 등 국제화폐의 전시장이 되고도 남을 거야.

요즘 통일 펀드 가입자가 나날이 느는 추세다. 통일이 되기까지, 통일이 된 직후 수년간은 경제적 정신적 부담과 손실이 발생할 수 있겠지만, 세월이 흐르면 통일 후광이 상상되기나 할까? 어떤 이는 통일이 '대박'이라고까지 했다. 투자 없이 되는 사업이 어디 있을까? 우리 대뿐만 아니라 후세들과 국가를 위해 통일을 위한 투자를 할 때가 된 것 같다. 우리 남한부터 획기적으로 변하면 어떨까? 갖은 자의 책무인 '노블레스 오블리주'뿐만 아니라 나이 든 시니어의 책무인 '세니오르 오블리주'를 발휘할 시점이다. 아니지 남녀노소 국민 모두가….

세종대왕 땐 한반도가 평정되었을 뿐만 아니라 6진도 개척되고, 독도는 물론 우리 땅이고 대마도까지 정벌하지 않았던가. 통일이 되면 주변국에서 배가 많이 아프고 부러워할 거야. 그러나 시기와 질투는 남에게 쏘기 전 자신에게 쏜다고 하지 않던가. 우리는 도道 또는 학문을 같이해야 할 사명감이 충만할 때인 듯하다. 이를테면 '한반도도韓半島道' 같은…. 그것은 "예술을 같이하는 자는 서로 질투하고, 도를 같이하는 사람은 서로 사랑한다."는 옛말이 증명해 줄 듯하다.

태양이 내일을 기약하며 서산을 기웃거릴 때, 자리에서 일어나며 영릉을 향해 다시 한번 목례를 드렸다.

살얼음

아프리카에 가면 우분투Ubuntu라는 말을 가끔 듣는다. '네가 있기에 내가 있다'라는 뜻이 담긴 '더불어 함께'와도 같은 의미의 원주민 언어이다.

오늘이 절후상 19번째인 입동이다. 지역에 따라서 첫얼음이 얼기라도 할 듯하다. 우리가 탄 대형버스는 소백산맥을 왼쪽에 두고 훤하게 뚫린 국도를 누빈다. 오늘처럼 기사를 채용하거나 또는 자가 운전할 때마다 다행스럽거나 고마움을 느끼는 것이 한두 가지가 아니다. 도로에 중앙분리대나 중앙선이 확연할 뿐만 아니라 차선도 선명하다. 게다가 신호등까지 있으니 교통법규를 잘 지키고 음주운전이나 졸음운전 그리고 과속만 안 하면 교통사고와는 촌수가 멀어질 터이다.

소수서원을 '초록이 지쳐 단풍 드는데'라는 시구가 생각날 즈음 찾았다. 입구에 들어서자 사오백 년쯤 묵은 소나무 거목에서 뿜어내는 피톤치드로 무겁던 머리를 가볍고 상쾌한 기분으로 바꿔 놓는다. 서원 가까이에 당간이 있다. 그것도 지주는 없이 외로이 옛 절 숙수사의 터라도 있었음을 당당히 맞서는 듯하다. 서원 앞에 당간 지주가 존재한다는 것 자체가 묘한 뉘앙스를 풍긴다.

서원과 '학자수'라고 부르는 송림 옆으로 죽계천의 명경지수가 옛얘기 하느라 조잘거린다. 옛적에 물도 잠자듯이 흘렀다는 숙수사宿水寺를 흠모라도 하듯이…. 그런데 크막한 바위에 붉은 글씨로 敬 자가 새겨져 있다. 그 글자 위에 白雲洞 석 자는 흰색인데 넉 자 모두 음각으로 새겨 놓았다. 사람들은 '경자바위'라고 부른다. 이 바위는 숙수사가 어떻게 철거되고 그 자리에 백운동서원이 들어서게 된 연유를 귀띔해 줄 것만 같다.

숙수사는 규모가 엄청나게 큰 사찰이었다. 우리나라에 최초로 성리학을 도입한 회헌 안향 선생이, 이 사찰에서 수

학하여 과거에 급제하였고 그의 아들과 손자까지도 공부한 곳이다. 도호부가 있던 순흥 고을에 금성대군의 단종 복위 운동을 위한 거사가 발각되어 피바람이 불면서 이곳에 있던 숙수사도 불타 없어지고 말았다. 당시 순흥 사람 수백 명을 다리 밑에 버리고 죽였다. 그때 흘린 피가 십 리 넘게 흘러가다가 멈춘 곳이 영주시 안정면 동촌의 '피끝 마을'로 아직도 그 지명이 그대로 불리고 있다.

어릴 적에 말썽부리거나 떼쓰고 하면 "너는 다리 밑에서 주워왔다."는 어쩐지 겸연스러운 소리를 가끔 들었을 게다. 그런데 우리 영주의 주민들은 "청다리 밑에서 주워 왔다." 더 구체적으로 "순흥 청다리 밑에서 주워 왔다."는 소리를 듣곤 했던 기억이 소록소록 난다. 순흥에서 부석 방면으로 지방도로와 죽계천을 지나는 곳에 교량이 보인다. 퇴계 이황이 풍기 군수일 때 놓은 것이다. 이 다리 밑에서 수많은 순흥의 남녀노소가 피를 흘렸다는 그 다리다. 지금은 콘크리트로 튼실하게 축조하여 '장맛비가 걷힌 뒤 맑은 하늘 같은 선비의 기운이 감돈다'는 뜻의 '제월교霽月橋'라고 표시되어 있지만, 순흥 사람들은 '청다리'라고 막무가내로 부르는 잊지 못할 현장이다.

138

풍기 군수로 부임한 주세붕이 안향의 옛 고향 순흥을 찾았다가 숙수사지를 보고 그 자리에 우리나라 서원의 효시인 백운동서원을 세웠다. 그 후 이황이 풍기 군수로 와서 최초의 사액서원인 '소수서원'으로 개칭하게 된다. '소수紹修'란 기폐지학 소이수지旣廢之學 紹而修之 가운데서 두 글자를 따온 것이다. 그 뜻은 '이미 무너진 학문을 다시 이어 닦게 했다'라는 심오한 의미를 갖는다. 그런데 '경자바위'가 야릇한 미소를 짓는다.

주세붕이 숙수사를 철거해서 백운동서원을 짓고 난 다음부터는, 유생들이 글공부는 물론 잠을 잘 수 없었다. 그것은 이 골짜기에 귀신들이 밤마다 나타나서 소동을 피웠기 때문이다. 유생들이 군수에게 가서 못 견디겠다고 하소연했다. 그러자 군수가 바위에 붉은 글씨로 공경할 경敬 자를 새겨 놨더니 하룻밤 만에 귀신이 사라지더란다. 귀신이 글자를 읽을 줄 알까? 그 뜻도 알아먹었을까? 하긴 귀신이니까…. 이 이야기는 바로 숙수사에서 쫓겨난 스님들과 불교 세력이 소동을 피우고 저항을 했다는 것이다. 숭유배불정책을 썼던 조선 조정이 불교 세력의 저항을 누르고 유학의 세계를 구축한 바로 갑질의 흔적이 아니고 그 또 무엇이랴!

지금 우리나라 정국은 전 정권의 세력을 적폐로 몰아 궤멸 작전을 펴는 것과 어떻게 다른지 상념에 잠겨본다.

그럼에도 소수서원에서는 사천여 명의 유학자를 배출하여 유교를 다시 이어 닦는 데 큰 기여를 한 것은 부인 못 할 사실이다. 소수서원을 둘러보고 죽계교를 건너니 '선비촌'이다. 이와 같은 연유로 영주시는 '선비의 고장'임을 떳떳이 표방하고 있다.

부모가 있어 현존의 내가 있듯이, 전 정부가 있어 현 정부가 생성된 것이 아니던가. 전 정부를 부인하는 것은 내 부모인데도 내 취향이 아니라고 팽개치는 것과 무엇이 다르랴. 증오와 복수는 사회를 어둡게 하지만 사랑과 포용은 사회를 밝게 한다고 했다. 왕초보 운전자가 잘 닦여진 도로를 교통규칙마저 무시한 채 질주하다가 역주행까지 감행하니, 보고만 있어도 살얼음판을 걷는 것과 같아 온몸이 사시나무 떨듯하고 마음이 조마거린다.

'네가 있기에 내가 있다'는 의미의 'Ubuntu'처럼 서로 손잡고 위로하고 보듬으며 사는 진정 정의로운 사회는 정녕 언제 맞을꼬.

알래스카 크루즈 여행

인명人命은 재선在船이다. 사람의 목숨은 흔히들 재천在天이라고 한다. 차량 수가 늘고 사고가 많이 나자 재차在車라고까지 한 적이 있다. 이번 국외여행에선 배에다 맡기기로 했다.

바다 위의 낭만이라고 하는 크루즈 여행을 위해 십만 구천 톤 급 골든 프린세스GOLDEN PRINCESS호에 승선했다. 순수하고 장대한 자연 경관이 우리 일행을 손짓하는 미합중국의 49번째 주인 알래스카를 관광하기 위해서다. 출항지인 시애틀에서 기항지인 주노까지 대충 44시간이 소요되었다. 인천 공항에서 시애틀까지의 항공편에 비하면 4배

정도 더 걸린 셈이다. 최대 속력이 22노트라니, 육상의 교통수단에 비하면 어찌 빠르다고 할 수 있으랴.

객실은 미니호텔 수준이다. 그리 넓지는 않지만 부부가 사용하기엔 큰 불편이 없다. 더블 침대에 화장대, 소형 냉장고와 TV, 드레스 룸 그리고 욕실, 다만 샤워 부스가 마치 노고지리 통 같다. 열 가지 중 한 가지 불편한 것이 있다면 바로 그것이다. 크루즈 여행 기간 내내 객실은 변동이 없다. 일반 국외여행에서처럼 숙소를 자주 옮겨야 하는 번거로움이 없다. 식사나 옵션 관광을 하고 오면 청소와 침구 정리 및 타월 교환이 말끔히 되어 있다. 종업원의 객실 담당제라서인지 귀중품 분실 우려도 없다. 언어는 부자연스러웠지만 그들은 친절하고 깍듯했다.

식사는 24시간 가능하다. 몇 군데 식당이 있어 교차로 오픈한다. 식당 입구에서 손 소독을 당하고, 뷔페식 음식을 접시에 담아 테이블에 모였다. 같은 동네에 사는 L 교수 부부와 동행한 것은 행운이었다. 그는 영어에 능통하고 여행 경험이 많아 현지 가이드로도 손색이 없다. 그는 인천 공항 면세점에서 있었던 일이 자꾸만 떠오르나 보다. 남자들에게 꽂히는 것이 세 가지 있는 데 '여자, 차, 시계'가 그것이란다.

위 얘기는 시계 때문에 나온 듯하다. 인천 공항 면세점에 서다. 아내가 대단한 것을 발견이라도 한 듯 손짓을 하기에 들어가 봤다. 시계였다. 수많은 다이아몬드로 장식된 시계는 보기에도 현란하다. 또 한 번 놀란 것은 시계 값이 미화 185,000불이다. 한화로 환산하면 1억 9천만 원 정도 된다. 환율이 높을 땐 2억 원도 되었단다. 손목에 2억 원을 달고 다닌다! 그 시계의 주인은 누가 되려나?

나도 한때 시계 탐이 있었다. 몇 해 전 공항 면세점에서 9 백만 원짜리 로렉스 시계를 부인과 상의도 없이 손목에 차는 친구를 보고 부러워한 적이 있다. 지금은 아니다. 주말 농장에도 자주 가고, 휴대폰이 정확한 시각을 안내해 주니 시계가 되레 거추장스럽다. 이번 여행엔 시차 관계로 장롱 속에서 잠자던 시계에 건전지를 갈아 끼워 차고 왔을 따름이다. 그럼에도 그 시계가 눈에 아른거린다.

갑판 위가 궁금하다. 우리가 탄 크루즈 호는 큰 진동 없이 알래스카로 항진하고 있다. 오른쪽에 거대한 고구마 모양의 섬이 보였다. 아마도 천연 방파제 역할을 한다는 캐나다의 토론토 섬일 게다. 왼쪽은 수평선이 가물가물한 망망대해, 북태평양이다. 우리 일행은 갑판 위를 한 바퀴 돌면서 각종 시설을 둘러봤다. 야외 영화 감상실, 골프장을 겸한 여러 개의 풀장, 한층 내려가면 헬스장, 찜질방, 샤워장 등 유용한 시설이 부지기수다. 선박의 전장은 290m이고 전폭은 36m 그리고 13층이다. 승객들은 주로 6층에서 14층(13층은 없음) 사이의 시설을 이용한다. 승객 수는 2인 1실 기준으로 2,600명을 수용할 수 있으며, 승무원 수는 1,100명이나 되는 바다 위의 리조트이자 하나의 소도시를 방불케 했다.

기본으로 돌아가자. 저녁 7시가 되자 예고된 사이렌이 울렸다. 전 승객이 객실에 비치된 구명조끼를 지참해서 광장에 모였다. 조끼 입는 법을 시연했다. 진도 앞바다에서 조난당한 세월호의 마지막 모습이 석양의 윤슬에 마음이 아리다. 별 것 아닌 것 같고 거추장스럽다고 생각할진 모르지만, 기본에 충실하는 것이 안전사고 미연 방지에 으뜸이라는 걸 일깨워 주었다.

프린세스 크루즈의 일정은 다양하다. 150여 개의 일정은 260여 개의 기항지를 포함하여 최단 7일부터 최대 72일간 제공된다. 우리 일행은 가장 짧은 일정을 선택하였다. 그러나 항공기 이용 날짜를 감안하면 그리 짧은 여행이 아니다.

인천에서 시애틀까지 왕복은 항공편을 이용하고, 시애틀에서 알래스카 왕복은 프린세스 크루즈를 이용했다. 관광한 곳은, 생태 관광의 보고인 주노와 골드러시의 추억이 서린 스케그웨이, 이번 여행의 하이라이트인 글레이셔 베이 국립공원 그리고 토템문화의 도시 캐치칸 마지막으로 캐나다의 외도 빅토리아를 한나절 경유하였다.

여행에서 먹거리는 고스톱의 찬스피인 조커의 역할이다. 식사는 선상식과 현지식이다. 현지식은 세 차례 있었다. 주노의 다우림 지역에 있는 골드 크릭에서 오리나무 장작에 구운 연어 바비큐가 첫 번째 현지식이었다. 엊저녁 선상신문에 오늘 우산 준비하라더니, 아니나 다를까 비가 부슬부슬 우의를 지짐거렸다. 때마침 내리는 빗소리의 운치와 함께 연하고 고소한 연어구이를 무한 제공이라니! 나는 세 차례 받아와서 풍미를 즐겼다. 다음은 스케그웨이에서 캐나다의 유콘으로 건너가 카리부 크로싱 트레이딩 포스트에서 먹은 뜨끈뜨끈한 닭다리 바비큐다. 시장이 반찬이라더니 일어설 땐 꿩 구워 먹은 자리 같았다. 닭다리 외에 설탕가루 바른 추억의 도넛도 일품이었지만, 안 먹으면 후회하니 기어코 먹고 가야 한다는 본젤라또 아이스크림도 후식으로 그만이었다. 마지막 현지식은 캐치칸의 우림지역을 벗어나 저수지 가장자리에 자리 잡은 통나무집에 있었던 알래스카산 크랩 만찬이다. 젊은 남녀 한 쌍이 게 먹는 방법을 익살스럽게 설명한 뒤 1회에 반 마리씩 배식되었다. 이 또한 3회분을 그야말로 마파람에 게 눈 감추듯 했다. 밝은 표정에 열정적으로 사는 젊은이들의 모습에서 우리 일행은 덩달아 발길이 가벼워졌다.

선상식은 평소에는 뷔페식이다. 음식이 넘쳐났다. 과일도 풍성했으나, 사과와 배는 우리나라의 그것과 크기와 모양과 맛에서 견줄 바가 못되었다. 우리나라에서도 먹어보긴 했지만, 멜론의 일종인 칸탈로프와 허니듀라는 이름은 새로 익혔다. 정장 차림의 만찬이 두 번 있었는데 모두 흡족했다. 주류는 별도 부담이다. 마지막 캡틴 초대 만찬은 한동안 못 잊을 것 같다. 아내는 쇠고기, 나는 랍스터 요리를 주문했다. 서로 고루고루 먹어 봤다. 지구상에 이렇게 내 입에 딱맞는 요리를 크루즈 선상에서 미각을 즐기다니! 버드와 이저 맥주로 건배를 했다.

"빠·삐·따!"

이곳 동·식물의 생태계도 궁금하다. 스케그웨이는 틀링

깃 인디언의 '북풍이 불어오는 곳'이란 말에서 유래되었다. 그래서인지 탈 때 '자작자작 소리'가 난 데서 자작나무라고 이름 지었다는 그 나무들이 군락을 이루고 있다. 그러나 북풍 탓인지 토양 탓인지 성장 상태가 좋지 않다. 마치 기아에 허덕이는 아프리카 빈국의 어린이를 닮은 수많은 솟대가 산에 꽂혀있는 모습이다. 그런 가운데 검은 아기 곰이 도로를 가로질러 유유히 숲 사이로 먹이를 찾으며 지나간다.

버스로 이동하다가 화이트 패스 열차를 갈아타고 협곡 여행을 할 때다. 산 위에나 계곡 군데군데 얼음인지 잔설인지 점점이 보인다. 백여 분 이상 달리는데 철길 아래 낮은 지역에는 삼림이 우거졌다. 가문비나무와 전나무의 중간쯤 되는 'Fur Tree'가 빼곡히 자라고 있다. 지금은 열차에 관광객으로 가득하지만, 금광으로 성황을 이룰 땐 '노다지no touch'로 채워졌겠지? 주말이면 유흥가에서 흥건히 취해 한 주일 동안 쌓인 피로와 땀내를 뿜어내는 환상과 환청이 뒤범벅이 될 무렵 열차의 심한 요동에 자세를 곧추세웠다.

케치칸의 우림 야생 보호구역과 늪지대에서다. 성인 두 아름도 넘을 'Ham Luck Tree'가 하늘을 찌른다. 그림으로 열대 우림 지역에서나 보았던 나무다. 생명을 다해 그 자리

147

에 쓰러져 주저앉은 나무도 허다하다. 수천 년의 세월이 공존하는 지역이다. 땅 가까이엔 베리 종류와 이름 모를 야생초들이 코리아의 관광객을 반겨준다. 냇가 가까이 갔을 땐 연어와 대머리 독수리를 보았다. 독수리 있는 데서는 그의 이동 속도에 맞춰 덱 통로를 지나갔다. 그리고 늪에는 발자국이 무수히 나있었는데 순록과 검은 곰의 것이란다.

호숫가에 다다르니 수상비행기가 뜨고 있다. 아르고Argo가 수륙양용차라면 수상비행기는 수공양용이다. 저 비행기를 타봐야 산속의 전경 특히 빙하를 둘러보고 빙하 위를 직접 거닐어 볼 수 있는데, 예약이 완료되어 그런 행운을 누리지 못했다. 산속의 빙하와 그 부근의 동·식물을 보지 못한 아쉬움이 'Ham Luck Tree'만큼이나 크다. 젊어서는 번 돈이 내 돈이고 늙어서는 쓴 돈이 내 돈이라는데 그것도 '운7기3'이라는 고스톱판 좌우명처럼 운이 받쳐줘야 성취된다는 것을….

빙하가 끊임없이 줄고 있다. 주노의 멘델홀 빙하는 규모면에서 엄청나다. 그 넓은 계곡이 푸른색을 띤 빙하다. 오른쪽은 빙하 녹은 물이 폭포를 이루고 왼쪽은 거대한 황소 모양의 산이다. 사이사이 골짜기에 두껍고 얇은 빙하가 마치

148

소고기의 마블링을 연상케 한다. 몇 해 전 식당에서,

"육즙이 자르르 흐르네!"

육식을 좋아하는 외손자 녀석이 불현듯 생각난다. 맛이 좋다고 반드시 몸에 좋은 것은 아니지 않던가.

그레이셔 베이(빙하 만)는 피오르峽灣가 발달하여 대형 크루즈선이 운항하는 데 무리가 없다. 갑자기 관광객들이 선상에 모여 환호한다. 글레이셔 베이에 산재한 빙하 중에서도 가장 다이내믹한 장관인 미주리 빙하에서, 불과 삼십여 분 만에 빙하 덩어리가 세 번이나 떨어져 나오는 걸 보았다. 나는 거대한 미주리 빙하에서 굉음을 지르며 떨어져 내리는 빙하를 불안과 두려움으로 바라보았다. 바닷물을 자세히 들여다보니 자잘한 그 무엇이 보였다. 태풍이 지나간 뒤 산의 각종 나무 부스러기가 댐을 가득 채우듯 유빙流氷이 그처럼 떠 있었다.

크고 작은 호수마다 옥색 같기도 한 다양한 푸른색을 띠고 있다. 이는 처음 빙하가 형성될 때 갖가지 푸나무의 엽록소를 한꺼번에 삼켰다가 기온이 상승함에 따라 서서히 흘러내린 빙하의 눈물이 아닐는지? 화석 연료의 과다 사용으로 인한 지구 온난화로 빙하가 계속 줄어들고, 냉장고와 에

어컨에 사용하는 프레온 가스가 지구의 보호막인 오존층을 파괴하고 있다. 이는 우리가 하나는 알고 둘은 모르는 데서 오는 산물이 아니던가! 자신이 만든 줄로 제 몸을 스스로 묶는 격이요, 되돌아오는 부메랑을 어찌한다! 먼 훗날 우리 후손들의 삶은 온전할까?

이번 여행에서 두 개의 박물관을 견학했다. 시애틀에서는 일반 미술박물관이고, 스케그웨이에서는 역사박물관이었다. 우리 일행은 점심 식사를 받아들고 전망이 좋은 테이블에 마주했다. 전번 박물관을 둘러보고 나서 낸 퀴즈의 답을 생각해 봤느냐고 물었다. 아직 생각 중이란다. 문제는,

"보기만 하고 만지지 마시오."

열한 자를 다섯 글자로 줄이기였다. 그곳 박물관에 정답이 거의 나와 있었다. 곰 박제 밑에,

"Do not touch, please."

일행은 정답 주변을 맴돌며 헛짚고 있었다. 하는 수 없이,

"보지 왜 만져!"

산속 개울에서 목욕을 하고 날개옷을 입기 전 백옥 같은 전라의 선녀가 도사 지팡이를 짚은 산신령에게 들켜 소스라치게 놀라는 모습을 본 듯한 박장대소가 터져 나올까? 우

리말과 글이 의사와 감정 전달에서 세계적으로 가장 탁월하다는 것이 입증되는 순간이었다.

이유 없는 무덤은 없다고 했다. 빙산의 일각에도 못 미치는 수박 겉핥기식 스케줄을 소화하고, 크루즈 선은 시애틀을 향하고 있다. 러시아가 알래스카를 미국에 매도한 연유가 환상처럼 피어오른다. 러시아는 1853~56년에 걸쳐서 영국과 프랑스 그리고 오스만 제국 등 연합군과 크림반도를 무대로 전쟁을 일으켰다. 독불 장군은 존재하지 않았다. 연합군의 전력은 늘어나는데 러시아군은 줄어만 들었다. 패전에 따른 전비를 보전하기 위한 한 방편으로 알래스카를 미국에 매도한 것이다. 꿩 잃고 알까지 잃은 격이다. 그런 가운데 L. 톨스토이가 26세로 전투에 참가하여 진중에서 전쟁소설 《세바스토폴 이야기》를 써서 나중에 FM. 도스토옙스키와 더불어 러시아 문학을 대표하는 세계적인 작가로 발돋움하는 계기가 주어진 것은 전쟁 외적 소득이라 하겠다. 뿐만 아니라 연합군의 영국 간호원 F.나이팅게일은 아군·적군을 가리지 않고 부상병을 헌신적으로 간호하여 훗날 적십자 운동의 싹을 틔워 세계 평화의 기틀을 마련하기도 했다.

세월호 침몰과 비행기 사고가 빈번할 때 여행을 떠났다. 혹시나 하는 미심쩍은 일 때문에 '유언장'도 써두었다. 막상 비행기에 탑승하고, 크루즈 호에 승선하니 그런 염려는 기우였음을 확인했다. 어떻든 대한항공과 골든 프린세스호에 감사한다. 가족과 더욱 화목하고 어려운 이웃을 외면하지 않을 것이며, 밝고 즐겁게 그리고 열심히 조화로운 삶을 영위하리라. 여행은 다리가 떨릴 때 하지 말고, 가슴이 떨릴 때 자주 하자고 의견을 모았다. 다음은 장화처럼 생긴 나라의 구석구석을 견색見賾해 보련다.

사람의 목숨은 하늘[天], 차車, 배[船]가 영향을 주기도 하지만, 마음먹기에 달려 있는 재심在心이 아닐는지?

타임머신

시간 여행을 떠났다. 다리는 안 떨리는데 가슴이 쿵닥쿵 닥거린다. 장화 모양의 나라엘 갔다. 서유럽 패키지여행 이래 한 다스여 년 만이다. 중세의 르네상스를 회상하는데 수박 겉핧기일 수밖에 없지만 일말이나마 관조하고 싶었다. 두 가족 넷이서 벤츠 9인승 신형을 렌트하여 거대한 반도를 누볐다. 밀밭 근처만 가도 취하는, 미국 유학과 유럽 여행의 렌터카 경험이 풍부한 L 교수 덕분에 여정을 만끽할 수 있었다. 이탈리아는 대충 봐서 산지와 평야의 비율이 우리나라와 반대인 듯했다. 올리브의 주산국답게 고속국도 주변의 질펀한 넓은 들마다 녹색의 향연을 펼치고 있었다. 옥수수 재배도 많이 할 뿐만 아니라 들판에 널려있는 사일리지를 보고 축산업의 비중이 큰 나라임을 금방 알 수 있었다. 이 나라는 듣던 대로 음식과 사랑, 예술 그리고 메디치 가문의 역할이 일행의 마음을 사로잡았다.

우리나라에서도 이탈리안 푸드로 파스타와 피자 등이 널리 알려져 있다. 출국하기 전에 파스타 면을 포크로 돌돌 마는 연습도 해봤다. 기대와는 달리 여행 중엔 이들 음식을 신물이 나도록 먹었다. 혼쭐이 난 것은 무진한 염도 때문이다. 로마 교황청은 교황님 비만의 주범이 '파스타'로 단정하고 오죽하면 '파스타 금지령'까지 내렸을까. 날씨 또한 한낮 기온이 연일 38℃를 오르내렸다. 아마 동방의 여행자가 열사병에 대처하란 의미였을지도 모를 일이다. 요리 이름이 긴 것이 많았다. 피렌체의 최고 요리가 '피렌체 비프스테이크'인데 일명 '티본스테이크'를 '비스테카 알라 피오랜티나Bistecca alla Fiorentina'라고 했다. 소금과 후추만으로 간을 맞춰 참나무 숯에 구워 내 소고기 본연의 맛을 제대로 느낄 수 있어 고가임에도 후회없이 입이 분주했다.

"강에는 현재만이 있을 뿐이고 과거라는 그림자도 미래라는 그림자도 없다." H. 헤세의 〈싯달타〉에서 그린 말이

154

다. 강의 생성도 소멸도 그렇지만 도시 형성에도 큰 몫을 한다. 서울의 한강, 대구의 금호강처럼 토스카나의 주도이자 중세 르네상스를 낳고 활짝 꽃피운 곳 피렌체에는 '아르노 강'이 흐르고 있다. 이 강에는 여러 개의 다리가 있지만 그중에 '베키오 다리'가 책으로 말하면 단연 압권이다. 《신곡》, 《향연》 등으로 널리 알려진 단테가 불과 9살 때 8살의 베아트리체를 만나 첫눈에 반했다고 알려진 곳이다. 셀 수 없이 많은 '사랑의 자물쇠'는 본인들의 사랑의 결속뿐만 아니라 단테와 베아트리체가 하늘나라에서도 인연이 되어 새삼 아름다운 이야기로 엮으라고 아르노 강물이 재잘거린다.

이탈리아에 와서 그도 피렌체에 와서 단테를 안 만난대서야. 그의 조각상이 산타크로체 교회 앞에 지켜 서서 산타크로체 광장을 응시하는 그의 눈매에 상념이 가득하다. 로댕의 《생각하는 사람》은 고뇌하는 시인 단테를 염두에 두어 제작한 것이라면, 정작 단테상은 무엇에 초점을 두고 있으려나. 베아트리체와의 첫 만남일까 이별일까, 아니면 중세를 돌체Dolce로 마감한 《신곡》을 쓰게 된 동기일까?

만물은 진화하고 발전하듯이 예술 또한 그러하다. 회화

에서 마사초가 도입한 원근법이 보티첼리에 의해 원근법과 조화를 더욱 발전시키고, 레오나르도 다빈치에 의해 정형화되어 르네상스 미술의 틀이 된 것을 육안으로 확인하게 된 것은, 북극 여행에서 백야와 오로라를 동시에 본 것 같은 행운에 사로잡힌다. 한편으로 지오토 디 본도네가 가슴에 와닿는다. 그가 고딕회화를 완성했대서가 아니라 서양 미술사 최초로 인간 내면을 작품으로 표현했다는 데 있었다. 겉으로 나타난 현상보다 내면의 본질을 갈구하는 것이 수필이 아니던가! 지오토 작품 앞에서 나도 모르게 다른 작품보다 더 오래 머문 것을 느낀 것은 아내가 일행 놓친다고 손을 잡아끌어서이다.

우피치 미술관은 르네상스 미술의 보고다. 우피치Uffizi는 집무실이라는 오피스Office의 이탈리아어이다. 르네상스의 가장 큰 조력자는 상인 가문에서 출발하여 2백 50년 넘게 토스카나 지방의 권력을 장악했던 '메디치 가문'이 있었다. 그 가문이 수집했던 예술품을 중심으로 전시되어 있다. 나는 듬성듬성 맨 먼저 전시홀들을 주마간산 격으로 지나치지만 다른 일행은 그들의 격조 높은 예술적 안목을 확인하는 듯했다. 주로 회화는 실내에, 조각은 복도에 전시되어 있다. 조각 예술에서의 고전이 고대 아테네라면, 회화예술의 고전은 르네상스 시기의 피렌체라고 하지 않던가! 누드에서 여자의 곡선미나 남자의 근육미는 월등했다. 괴이하게 생각한 것은 여성의 유방이나 복부 및 하체는, 특히 보티첼리의 〈비너스 탄생〉 같은 작품은 풍만하고 우아하다 못해 10등신까지 표현하여 동공을 저절로 크게 하는데, 조각 작품에서 남성의 거시기는 어마어마한 덩치와 근육질에 비해 초라하기 그지없다. 그 연유가 궁금해진다. 그 시대상인 금욕주의? 남근을 사이즈와 스킬로 빗댄 말에 '금상첨화, 유명무실, 천만다행, 설상가상'이 있다. 어디에 해당되려는지.

전번에 방문한 로마를 제외하고 12일간 대·중·소 16개 도시를 더듬었다. 그중에서도 피렌체에 포커스를 맞추었다. 그것은 르네상스가 태어난 시기에 대한 논란은 있어도 발생한 장소가 이곳이라는 데에는 이견이 없다는 중론에, 그것을 선도한 인물들 또한 거의 피렌체가 아니면 인근 출신이기 때문이었다. 여행이 끝날 무렵에는 왼발 엄지발가락에 물집이 생기고 오른발 앞부분에 뚝살이 맺혔지만 마음은 창공에 있고 몸은 구름 위에 있었다. 내일을 위해 우리 일행은 에어컨디셔너가 작동하는 카페에 들러 우리의 그림자와 발바닥을 쉬게 했다.

시원하고 안락한 의자 덕분에 잠시 4반세기 미래행 타임머신을 타게 되었다. 메디치 가문이 상업으로 재력을 축적하고 권력을 잡아 왕정도 이루었지만 돈과 권력이 있다고 르네상스를 꽃피울 수 있는 건 아니잖던가. '예술의 생산 방식을 바꿔 르네상스를 견인하고, 부의 목적을 재정립하여 가문의 명예를 남기자.'는 가문훈이 어두웠던 중세를 아침 햇살처럼 온 누리를 밝힌 듯하다. 그 가문의 그 딸이랄까, 메디치가의 마지막 상속녀였던 안나 마리아 루이자가 국가에 기증하면서 현재의 우피치 미술관이 탄생하게 되었다.

"돈 있는 곳에 예술 있다."는 이탈리아 속담을 어떻게 수용해야 탁월한 판단이 되는지. 우리나라의 재벌들은 어떨까? 그러는 사이 서울과 대구에 매머드 종합 예술관을 '우피치 미술관' 못지않게 건립하느라 야단법석스럽다. 재벌들의 소장품과 시민들이 소장한 애지중지했던 작품도 함께…. 성금은 부자들의 전유물이 아니듯이 온 국민의 정성으로 문화 대한민국이 건립되고 있었다. 대구 종합 예술관에는 큼직한 별 3개의 로고가 펄럭이고 있다.

과거로의 시간여행에서 잠자던 르네상스를 잠시 흔들어 보는 것만으로도 가슴을 설레게 했다. 한편 아원자 입자亞元子 粒子가 되어 타임머신에 승선해보니 더더욱 스릴을 만끽할 수 있었다.

외눈과 외귀

    렌터카가 방문자 센터를 통과하여 주차장에 멈추자 별세상에 왔다는 사실이 시야에 들어온다. 인디언의 성지인, 거대한 바위 계곡이란 뜻을 지닌 '모뉴먼트 밸리'에 발을 들여 놓은 것이다. 우뚝 서 있는 거대한 바위탑과 동물과 인간의 형상에 따라 붙여진 이름, 그리고 끝없이 펼쳐진 고원지대의 장엄하고 신비로운 풍경에 흠뻑 빠져든다. 온 천지가 붉으스레한 황토 일색으로 영암 월출산의 암봉처럼 바위탑이 황야를 수놓았다.

    미국 남서부 지역에 거주해 온 아메리카 원주민 인디언 부족을 나바호 족이라고 한다. 등록된 부족 인구는 30만

명 정도다. 슬픈 역사를 가슴에 품고 유타 주와 애리조나 주 경계에 살고 있다. 나바호 부족 보호구역 안에 있고, 엄밀히 말하면 인디언 자치 정부에서 소유하고 있다. 그 크기가 대한민국 면적의 2/3에 달하고 모뉴먼트 밸리는 그중 일부분이다. 그래도 평화와 공존의 비전있는 지도자가 있어 보호구역을 확대시켜 오늘에 이른다. 일행 6명은 17마일 P자 형태의 구간을 가이드 투어로 선택했다.

볼거리도 다양했다. 코끼리 뷰트, 세 자매 첨탑, 존 포드 포인트, 토템폴, 아티스트 포인트, 바람의 귀, 태양의 눈, 그리고 노스윈도 순으로 일별했다. 거대한 암석 앞 부분이 코끼리 코처럼 튀어나온 형상이라 '코끼리 뷰트'라고 명명했고, 손을 모으고 있는 세 자매를 닮아 붙여진 이름이 '세 자매 첨탑'이다. 이처럼 형상과 관련지어 이름이 붙여졌다.

비포장 도로라 움푹 파인 도로를 좌우로 시소 타듯 나아가며 먼지를 뒤덮어 썼다.

20세기 말 무렵 우리나라 시골 농로를 포장하기 전 경운기 타고 과수원 적과하러 가던 상황과 흡사했다. 어릴 적, 빨갱이는 얼굴색이 빨간 줄 알았듯이, 인디언 원주민을 보고 싶었지만 주거지역이 아니라서인지 그리고 야행성도 아닐 텐데 시골 도랑의 버들치 숨듯 한 것 같다.

연 강수량이 250여㎜라고 하니 준 사막지대다. 우기를 제외하면 비가 거의 오지 않아 붉은 진흙탕에 빠질 염려는 없겠지만, 차량 밑부분이 거의 닿일 정도로 움푹 팬 궤적이 30km나 평행을 이루고 있다. 우리나라 남북 갈등과 남한의 보·진 갈등처럼 느껴져 씁쓸함이 그지없다. 김훈의《칼의 노래》엔 "근원 벨 칼이 없고 근심 없앨 약이 없다."지만 서로 손잡고 함께 함박 웃을 일이 정작 백년하청이려나.

여러 볼거리 가운데 특이한 것은 구멍이 두 개다. 하나는 귀이고 다른 하나는 눈이다. 공식 명칭은 '바람의 귀'와 '태양의 눈'이다.

"건강하려면 몸의 구멍을 깨끗이 해야 한다."

젊어서부터 무수히 들어온 경구다. 우리 몸에 있는 9개의 구멍을 구규九竅라고 한다. 귀(2)·눈(2)·코(2)·입과 전음·후음을 말한다. 옛 의학서에는 머리에 있는 7개의 구멍을 양규라 하고 아래에 있는 2개의 구멍을 음규라 하였다. 오늘 아침도 잠자리에서 눈을 뜨자마자 스트레칭으로 손을 36번 비벼 따스하게 한 뒤 눈 주위를 지압하고, 귀는 5장 6부의 집합체이기 때문에 누르고 비비고 당기며 못살게 굴었다. 자기 전에 구규를 깨끗이 하는데 언제나 소홀함이 없으려고 애쓴다.

바람의 귀로 먼저 갔다. 목표 지점까지 올라가는 데는 50여m쯤 되는데 완전히 사막 모래 둔덕이다. 미국 동남부의 사막 지대는 사막답지 않다. 사막이라고 하면 사하라 사막이나 고비 사막처럼 광활한 모래 벌판을 연상했었다. 그런데 이곳은 산악지대에 강수량이 적어 작은 나무와 잡초들이 자라다가 성장을 멈추거나 말라 죽은 상태라서 사막의 개념이 혼란스러워진다. 다른 관광객들이 경주하듯 달려 올라간다. 우리는 뛰지 못하고 바삐 올라갔다. 그럼에도 발이 푹푹 빠져 진척이 별로 없다. 그때 승마 한 무리가 순식간에 올라간다. 우리는 말들을 배경 삼으려고 서둘렀다. 가이드로 보이는 사람이 말을 내어주며 얼마든지 촬영하란다. 우린 말 탄 가족 일행을 피사체 배경으로 연신 셔터를 눌렀다. 그들의 여유와 배려가 어쩜 이렇듯 멋있을까. 그들은 모래 먼지를 내며 유유히 사라졌다.

말무리를 보니 존 포드 감독의 '역마차'가 그려진다. 포드는 그의 첫 유성 서부극이기도 한 이 영화를 통해 '모뉴먼트 밸리'라는 공간과 '존 웨인'이란 스타를 발굴하지 않앉던가. 우리나라엔 임진왜란 중 진주성이 일본군에 함락될 때 왜장을 유인하여 순국한 의기 논개가 있다면, '법과 질서를 위한 부녀회'에 의해 마을에서 쫓겨난 매춘부 달라스가 있었다. 그녀의 연기가 종횡무진으로 애처로웠던 것 같다.

귀 구멍까지 올라갔다. 수십 명이 한꺼번에 들락날락해도 될 정도다. 7월 하순의 무더위를 씻어주는 한 줄기 바람이 불어온다. 억울하고 원통하며 가슴 아프게 했던 개척자들의 날선 회초리에 몸서리 쳤던 얘기들이 소곤소곤 들리는 듯하다. 지금 우리나라를 들끓게 하는 태극기와 촛불이 이 '바람의 귀' 앞에 서면 어느 정의가 맹위를 더 떨치려나?

'바람의 귀'보다 '태양의 눈'까지의 거리가 더 멀고 게다가 형극이다. 우리의 민요인 '아리랑'의 아리랑 고개를 넘어 본다. 지금까지 아리랑은 우리 민족의 애환을 그린 노래로만 알고 있었는데 '태양의 눈'이 귀띔해 준다.

"아我는 참된 나 진아眞我를 의미하고, 리理는 알다, 다스리다, 통한다는 뜻이며, 랑郞은 즐겁다, 밝다는 뜻입니다. 따라서 아리랑은 참된 나를 찾는 즐거움이라는 뜻이죠."

한동안 눈이 부시고 귀 마저 뻥 뚫리는 것을 느꼈다. 뜻밖의 재미 또는 뜻밖의 발견을 하는 능력을 의미하는 세렌디피티serendipity를 여기서 찾다니!

눈은 무엇이든지 본다. 그러나 자기 자신만은 볼 수 없다는 말이 나를 두고 하는 적실한 말일 줄은….

적자생존이란 말을 사전적 풀이 외에 글 쓰는 사람들에게 통용되는 의미로 쓰이기도 한다. '적는 자만이 살아남는다고!' '태양의 눈'으로 본 것과 '바람의 귀'로 들은 것들을 메모하고 또 적었다. 귀 소문에만 치우치지 않고 눈 소문도 하면서.

약육강식이 난무하던 서부 개척자들의 위협에도 용케 살아남은 원주민 인디언들의 인내의 목소리가 '태양의 눈'에 각인되고 '바람의 귀'에 걸렸음 직하다. 심사숙고하여 사물의 의미를 찾는다면 아리랑의 진의를 엿볼 수 있을는지?

선비의 나라

기후와 절묘하게 맞아 떨어진 여행은 이번이 처음이다. 7월 하순에 출국했으니 우리나라엔 장마가 마무리되면서 본격적인 더위가 시작할 즈음이다. 그러나 이곳은 평균 기온이 11℃ 정도이니 선풍기나 에어컨은 동면 중이다.

한여름에 아이슬란드를 다녀왔다. 거대한 빙하지대와 유빙은 남동쪽에 산재해 있고, 화산지대는 북쪽에 많다. 그래서 남쪽은 얼음의 땅, 북쪽은 불의 땅, 국명 또한 얼음의 땅인 아이슬란드Iceland이다. 신이 세상을 만들기 전에 연습 삼아 만들어 본 곳이란다.

사가박물관에 들렀을 때다. 입구에 서 있는 바이킹 동상이 이색적이다. 넷이 각기 다른 모습을 짓고 있는데 퍽이나 인상적이다. 실물 크기로 신장이 2m를 넘는 듯한데 상체보다 하체가 더 튼실해 보인다. 아이슬란드는 14세기 말경에 덴마크 출신의 바이킹들이 세운 나라다. 바이킹은 해상을 중심으로 상업을 주로 하면서 약탈을 일삼았기 때문에 해적이란 의미를 갖는다.

박물관 내부에는 1955년 노벨문학상을 수상한 소설가 할도르 락스네스를 실리콘으로 모형을 만들어 놓았다. 그의 대표작은《독립한 민중》,《아이슬란드의 종》인데 문체는 간결하고 힘찬 고대 Saga 스타일을 현대문에 잘 재현하고 있다. 그의 소설은 풍자와 야유, 약자에 대한 동정으로 가득차 있다는 평을 받고 있다. '약자에 대한 동정으로 가득차 있다'에서 사람 사는 세상은 예나 지금이나 별반 차이가 없음을 본다. 가진 자들의 갑질이 극에 달한 듯하다. 나에게도 용서가 안 되는 한 인간이 있었다. 개인적인 사사로운 감정은 아니었다. TV 채널을 돌릴 정도로 저주한 적도 있었다. 핵무기를 만들 거액의 달러를 북한에 제공하지 않았어도 지금처럼 핵위협으로부터 바람 앞의 등불이 아니었을 텐데. 어떤 경우에도 용서가 안 될 줄 알았다. 그러나 심경의 변화가 왔다. "용서는 어떤 관계에서도 사랑의 최고의 형태이다. 미안하다고 말하는 사람은 강한 사람이며, 용서하는 사람은 더더욱 강한 사람이다."라는 욜란다 하디드의 견해에 대해 깊이 고뇌에 잠겨본 이후부터다.

아이슬란드 문학을 사가Saga라고 한다. 이는 중세 아이슬란드 문학에서 쓰인 산문 문학의 한 형식이었다. 'Saga'라는 말은 아이슬란드어로 '말해진 것, 말로 전하다'를 뜻한다. Saga에는 북유럽 신화와 역사적 인물들의 영웅담을 그린 이야기들로 가득하며 오늘날 Storytelling의 보고로서 많은 사람들에게 영감을 주고 있다고 전한다.

"누구나 태어날 때부터 배 속에 자신만의 책을 갖고 있다."는 말이 있을 만큼 이 나라는 인구 대비 저술가 비율이 세계에서 가장 높은 국가로 꼽힌다. 32만 명 정도의 전체 인구 가운데 1권 이상의 책을 출간한 작가가 10%나 된다니! 독서 토론 프로그램이 TV 황금시간대에 편성되어 높은 시청률을 기록하는가 하면, 크리스마스 선물로 언제나 책이 1위란다. 뉘라서 말[言]은 사라지고 책은 남는다고 했던가. '불과 얼음의 나라'로 불릴 정도로 화산과 빙하로 뒤덮인 장엄한 자연환경 속에서 국민들이 자연스럽게 인간과 자연, 인간과 신과의 관계를 생각하게 되었고, 자신이 직접 책을 쓰거나 다른 사람이 쓴 책을 읽기 좋아하는 성향이 '국민 기질'로 깊이 뿌리내렸음이다. 온 국민이 독서광이다 보니 1년 내내 책 관련 페스티벌이 이어진다. 매년 봄 시즌에 수도 레이캬비크에서 열리는 '북마켓' 행사는 마음에 드는 책을 사려는 사람들로 늘 북새통을 이룬다. 9월에는 '국제문화 페스티벌', 10월에는 전국의 모든 학교와 도서관들이 공동 개최하는 '독서 페스티벌'이 열린다고 한다.

잠시 우리나라와 일본의 대중교통수단으로 등하교 내지 출퇴근하는 모습을 그려본다. 일본은 우리나라를 35년 동안이나 강점하면서 인간으로서 도저히 할 수 없는, 너무도 악랄한 짓을 자행했다. 그들을 생각하면 조셉 루벤 감독의 '적과의 동침'이 연상된다. 허니문Honeymoon이어야 할 신혼여행이 비터 문Bitter Moon으로 바뀌게 된 경우가 아니던가. 그러나 좋은 점이나 배울 점이 있으면 본받아야 하지 않을는지. 일본은 학생이든 직장인이든 승차해서 자리를 잡으면 책부터 꺼내어 읽는다. 책 두 권 읽은 사람은 한 권 읽은 사람을 지배한다고 하지 않던가! 그런데 우리나라의 실정은 어떤가. 남녀노소 할 것 없이 승차하자마자 꺼내드는 게 있다. 그게 뭘까? 이렇게 취향과 문화양상이 다르다니. 우리도 2·30년 후면 그들처럼 되려나.

다급해서 화장실로 뛰어 들어갔는데 이게 웬일인가? 다섯 개의 소변기가 모두 높게 부착되어 있다. 어안이 벙벙해진다. 신장이 1m 75cm인데도 거시기가 걸리지 않으니 황당할 수밖엔. 팬티에 수분이 감지되는 듯하다. 일보 전진이 아니라 일보 후퇴하여 발사하면 포물선을 그릴 듯한데 거충이 안 된다. 주변에는 노둣돌마저 보이질 않는다. 하는 수 없이 좌변기에서 볼일을 보았다. 아이슬란드를 건국한 바이킹 족들의 건장한 모습이 소변기를 보고 짐작이 가능하고 압도마저 되었다. 아이슬란드 정부가 인류 전체를 위해 보호해야 할 현저한 보편적 가치가 있다고 봐서 유네스코에 세계문화유산으로 등재하려고 보존하는 듯하다.

인천 공항에 도착하니 찜통이 따로 없다. 지구상에서 물과 공기가 가장 맑고 깨끗할 뿐만 아니라 치안마저 완벽한 선비의 나라를 다녀온 것이 왠지 어깨가 으쓱해진다. 수은주가 치솟아 숨이 막힐지라도 얼음 땅을 생각하면서 독서로 여름 손님을 기꺼이 맞으련다. 지혜의 샘은 언제나 서적 사이로 흐르기를 선호하니까.

스폰서

노력을 하면 어떤 일에도 탁월할까?

유럽 연합의 이베리아 반도를 두루 다녔다. 그 가운데 스페인의 바르셀로나는 여운이 오래 갈 것 같다. 구시가에는 스페인 전성기에 지은 역사적인 건물들이 고스란히 남아 있어 도시 전체가 하나의 '메머드 뮤지엄'이라 해도 지나친 말이 아닐 성싶다. 황영조 선수가 마라톤 경기에서 2시간 13분 23초의 기록으로 대한민국 제1호이자 하계 올림픽에서 첫 금메달을 딴 곳이기도 하지만, 천재 건축가 안토니오 가우디를 만났기 때문이다.

그의 건축과 관련된 작품 10여 점 가운데 7점이 세계문화유산에 등재되었다. 세계문화유산은 세계유산협약에 따라 유네스코가 1972년부터 인류 전체를 위해 보호해야 할 보편적 가치가 있다고 인정된 유산으로 문화유산·자연유산·복합유산으로 나뉜다. 가우디는 건축분야에 타고난 천재성을 지녔지만 어쩌면 행운아였다. 그것은 친구이자 후원자인 에수세비 구엘을 만나서부터다. 그는 가우디의 건축 감각을 동시대의 어느 누구보다도 잘 이해한 듯하다. 구엘과 가우디는 견고한 인문적 성격을 보존하였고, 충실한 종교적 신념을 지니고 있었으며, 카탈루냐 주에 대한 뿌리 깊은 애향심을 갖고 있었다.

가우디의 현대 건축물 제작 영감은 남다르다. "직선은 인간의 선이며, 곡선은 신의 선이다." 이렇게 규정한 그의 예술 세계를 그 누가 상상이나 하였으랴. 자연에서 모티브를 얻어 건축이라는 새로운 창조물로 표현해 낸 그의 작품들을 이 도시 곳곳에서 만날 수 있다. 사그라다 파밀리아 성당을 비롯해 구엘 공원, 까사 밀라, 까사 바트요, 까사 비센트, 구엘 납골당, 그리고 구엘 궁전 등 이들 모두가 세계문화유산에 등재된 보배로운 건축 명품들이다.

바르셀로나에서 북서쪽으로 56km쯤의 거리를 산악열

차로 이동하면 절벽 위에 높이 솟은 회색 바위산이 병풍모습으로 웅장한 위용을 드러낸다. 암봉들이 여느 산들과 판이하다. 가우디가 성당을 설계할 때 '톱으로 자른 산'이라는 뜻의 몬세라트 산에서 영감을 얻었다니 산 전체의 기암괴석이 묘한 곡선으로 이뤄져 한동안 눈을 뗄 수가 없었다. 는개가 산 메아리 사라진 듯이 사위를 적시는 가운데도 우산을 접고 빗속을 걸어서 시설물과 경관을 둘러보았다. 비 피하는 바위 밑이면 영락없이 수백 개의 촛불이 뜨거운 눈물로 방문객을 맞이한다. 나도 촛불 하나를 밝혔다. 희귀한 곡선으로 이루어진 암봉들이 피어오르는 안개에 숨었다가 나타나기를 거듭해 신령스럽단 말이 저절로 나왔다.

　바로셀로나의 상징이자 가우디의 최고의 걸작으로 평가 받는 대성당에 눈길이 쏠린다. 사그라다 파밀리아 성당 Templo de la Sagrada Familia이다. 이는 '성聖 가족'이라는 뜻으로 예수와 마리아, 요셉을 뜻한다. 가우디가 31세였던 1883년에 착공하여 1926년 6월 사망할 때까지 일부만 완성되었다. 그의 사후 100주년이 되는 2026년에 완공할 예정이란다. 건축물 요소마다의 의미와 상징에 감탄을 자아낸다. 찌를 듯한 옥수수 자루 모양의 4개의 첨탑은 4대 복음 성인인 마태, 누가, 마가 그리고 요한을 형상화했다. 그보단 높이가 더 낮지만 예술성이 돋보이는 12개의 첨탑은 예수의 제자들을 상징한다. 건축물의 출입구가 있는 정면부인 파사드facade가 세 군데 있는데, 가우디가 직접 참여한 것은 '탄생의 파사드'이며 예수의 탄생을 의미한다. 다른 두 곳은 '수난의 파사드'와 '영광의 파사드'이다. 건축물의 하나하나에 의미가 담겨 있다. 성당 내부와 외부 모두 스토리로 구성되지 않는 것이 없다.

재원이 없었으면 공허한 설계도만 난무했을 텐데 구엘이라는 재력과 우정의 신뢰가 도타운 스폰서가 있어서 가우디의 천재성이 유감없이 발현된 듯하다. 지금은 관광객의 입장료로 건축비를 충당하고 있다. 그러고 보니 우리 일행도 대성당의 겨자씨 한 톨만큼의 후원자가 된 듯하다. 우리나라처럼 까다로운 규제에 묶이고 아직은 무관심한 재벌들로 예술의 천재성이 있는 잠재 작가들의 창의성이 사장되고 있는 듯하여 적이 안타깝다.

W. 해즐릿이 귀띔해준다.

"천재는 노력을 하기 때문에 어떤 일에도 탁월하다. 그러나 그들이 탁월하기 때문에 그 일에 노력하는 것이다."

삼강 나루터

삼강 주막에 들렀다. 이는 조선 말기의 전통 주막으로 경북 예천군에 위치한다. 이곳 강나루를 왕래하는 사람들과 보부상, 사공들에게 숙식처를 제공하던 곳이다. 경상북도 민속 문화재로 지정된 것이 2005년 11월 20일이다. 그 해 90세의 나이로 세상을 떠난 마지막 주모 유옥연 할머니의 삶의 애환이 서려있는 곳이기도 하다. 우리가 휴식을 취하는 바로 옆에 50대의 세 남자와 나란히 했다. 그들은 자칭 비공인 삼강나루 해설사, '삼강 트리오'라 했다. 농한기에만 가끔 나와 방문객들에게 해설 기부를 한단다. 닉네임이 나이와 생일 순으로 '낙동강', '내성천', '금천'이라고 했다. 술

한 잔도 권하기 전에 생소한 두 나그네에게 많은 궁금증을 풀어 주었다.

　삼강은 세 개의 강이 합쳐진 이름이다. 대개 두 개의 강이 합류하여 보다 큰 강을 이루는 것이 예사이다. 이곳은 세 개의 강이 모이고 있다. 탐방 호기심이 발동한 것도 이런 연유이다. 봉화군 물야면 오전리의 선달산에서 발원한 내성천과 문경시 새재의 초점에서 발원한 금천, 그리고 강원도 태백시의 황지연못에서 발원한 낙동강이 예천군 풍양면 삼강리에서 합류하니 이곳이 삼강나루터다. '한 배 타고 세 물 건넌다.'는 그런 지형이다. 상주의 옛 이름이 낙양인데 그 동쪽에 흐르는 강이기 때문에 낙동강의 어원이 되었다.

　잠시 보부상이 되어 보고 싶었다. 부추 부침개와 도토리묵 그리고 막걸리 한 주전자를 시켰다. 부엌을 들여다보니 벽면에 온통 낙서투성이다. 보릿고개에 마신 술값을 가을 추수 후에 갚는 '가내기'라는 풍습이 있었다. 6·25 한국전쟁 전후해서 초근목피로 연명할 때에는 흔한 것이었다. 주방 벽면에는 글을 몰랐던 36살 중년 때부터 부엌칼이나 불쏘시개로 흙벽에 비스듬히 선을 그어 단골들의 외상값을 표기한 것이 벽면을 메웠다. 이것이 유옥연 할머니가 개발한

'가내기 문자'란다. 셋이서 둘에게 옛얘기를 풀어내니 안주가 푸짐하여 술맛이 여느 때보다 입맛을 당겼다.

보부상이란 봇짐이나 등짐을 지고 돌아다니면서 물건을 파는 장사꾼이다. 조선시대엔 전국적인 조직을 갖추고 발달하였는데 원래 명칭은 '부보상'이었다. 김주영의 대하소설 《객주》가 연상되었다. 봇짐은 등에 지거나 머리에 이려고 보褓에 싼 짐을 말하는데, 물건을 보자기에 싸서 메고 다니며 파는 사람을 봇짐장수라 하고, 일용품 따위 물건을 등에 지고 팔러 다니는 장수를 등짐장수라 한다. 나그네가 여행에 필요한 물건을 싸서 등에 지고 다닌 것은 유행가에도 등장한 괴나리봇짐이고, 과거를 보러가는 가난한 선비의 봇짐에는 문방사우文房四友와 갈아입을 옷과 용돈 등이 들어 있는 것은 선비 봇짐이라고 한다. 술판이 끝날 무렵에 비가 내리기 시작했다. 이슬비보다 빗줄기가 제법 굵게 추적추적 내린다. 애타는 농부들이나 산불예방에 그 무엇보다 고마운 단비이리라. '부침개'를 경상도 지방엔 '지짐'이라고도 한다. 이는 부침개 부칠 때의 소리와 비 오는 소리가 비슷하기 때문이다. 비 올 때 지짐 생각이 더 나고 술맛도 더 나는 까닭일 테다.

이번엔 소금장수들이 술 마시고 잠잤던 곳으로 가보았다. 방 안을 들여다보니 어느 소금 거상의 얘기를 들려준다. 낙동강 하구언에서 배 세 척에다 소금을 그득 싣고 삼강나루에 도착했다. 조선시대에는 소금의 쓰임이 금보다 좋아 부르는 것이 값이다. 대개 구매가격의 40배를 남기고 팔았다. 그는 순식간에 돈 쌈지가 두둑해지자 으레 주점으로 향했다. 수백리 물길을 거슬러 올라온 피로를 풀기 위해 술판을 벌였다. 거나하게 취기가 오르니 술상 앞에 다소곳이 앉아 술시중을 드는 여인이 선녀들 이처럼 예쁠까. 하룻밤을 함께하는 데 배 한 척에 실었던 소금 값이란다. 그 엑스터시에 조금도 아깝지 않았다. 그 황홀함에 두 번째 밤도 세 번째 밤도 치르고 말았다. 소금 값을 몽땅 그 여인에게 바친 것이다. 순간에 도취해 모든 걸 탕진한 형국이다. 아직 몽롱한 상태에서 순간 정신이 번쩍 들었다. 그는 그 여인의 아랫도리를 헤쳐놓고 오행시로 푸념을 털어 달래 보았다.

遠視靑山谷 멀리서 보면 청산의 계곡 같고

近視死馬目 가까이서 보면 죽은 말 눈깔 같구나.

兩脣無齒之 두 입술 속에 이빨 하나 없건만

能食三鹽船 배 세 척 분량의 소금을 능히 먹어 치우는구나
食後無聲鹽 그러고도 짜다는 말 한마디 않는구려.

어느 방외사方外士가 훈수한다. 물건을 사고파는 장사는 10배가 남고, 권력을 잡으면 100배 남는 장사이고, 종교는 1,000배가 남는 장사라고. 소금을 40배나 폭리를 하고 주색으로 배 세 척 분량의 소금 값을 삼강나루에서 삼 일 만에 모두 탕진했으니….

아, 원통하다 청산곡이여! 애통하다 사마목이여! 삼강 나루터에서 외치노라. 떠오르는 아침 햇살이 한없이 야속하구나.

여행은 돌아보기 위해 떠나는 여정旅情일진대, "빛과 소금이 되라."는 성경(마태복음 5장 13절, 16절)의 가르침을 역행한 듯하여 돌아가는 그 소금 장수의 발자국 무게를 가늠케 한다.

각서

바람이 각서를 쓰게 한다. 실버 시니어가 노후를 누리는 데는 몇 가지 조건이 있다. 건강과 재물은 필수다. 선택적으로 여친과 애인 그리고 아내라고 규정하는 이가 많다. 남녀 관계란 불과 같아서 동요하면 그만큼 탄다. 이성 사이는 애정이 있으면 소찬이라도 맛있고 애정이 없으면 고량진미膏粱珍味라도 요리 탓을 하게 된다. 지하철 안은 온통 '그레셤의 법칙'이 난무하고 있다. 이 또한 각서감이 아닐는지? 모름지기 나는 평화와 화목과 사랑의 잎과 가지와 열매가 있는 나무를 가꾸기 위해 이따금 아내와 여행을 한다.

언제부턴가 고창 지방으로 여행을 자주 하였다. 거기엔

한여름에는 무릇꽃이 희롱한다.

그런가 하면 무서리가 내릴 즈음엔 국화가 손짓한다. 여느 계절에 가도 반기는 것은 풍천장어와 복분자술이다. 무릇을 보노라면 연인의 모습이 해가 막 떠오를 때 빛내림과 함께 그 아우라에 눈을 의심하게 한다. 선운사 가는 산 계곡에 지천인 것이 무릇이다. 영국에서도 세상에서 가장 아름다운 것이 무릇이라고 하지 않던가. 예로부터 절에서 터부했던 5신채五辛菜에 무릇이 들어간 것은 무슨 연유일까? 8·9월에 엷은 황자색의 꽃이 총상꽃차례로 피어 있는 것을 보면 핑크색 잠옷을 입은 S라인의 교태로 착각한다.

인간사에만 기이한 인연이 있는 것은 아닌가 보다. 줄 모양의 잎이 사랑스럽게 자랄 때면, 세상 구경은 하나 사랑하는 이를 보지 못한다. 한편 꽃은 잎이 다 말라 없어진 뒤에야 세상을 본다. 잎은 꽃을, 꽃은 잎을 보지 못하고 생을 마감하기에 '상사화'라고 하나 보다. 그런데도 잎과 꽃은 한 뿌리가 아니던가. 한집에 있어도 만나지 못하니 그리움이 도질 수밖에….

국화꽃은 나의 여친이다. 고창 국화축제장에는 30만 평의 땅에 300억 송이를 자랑한다. 이 지구 상에 이만한 장관이 또 있으랴! 그 많은 이 가운데 샛노란 꽃 한 송이가 다정한 친구가 되어 다가온다. 넌 어떤 친구가 좋더냐고 묻자, '반즐아친', 불어도 아닌 것 같고 다소 생뚱맞아 보였다. 만나면 반갑고, 바둑을 한 수 하거나 술잔을 건네거나 정담을 나눌 때면 그저 즐겁고, 그러다가 헤어지면 아쉬운 친구. '반즐아친'은 나에게도 와닿는 축약된 키워드이다. 친구에게서 향 내음이 물씬 풍긴다. 꽃향기는 바람을 거스르면 향내가 나지 않는다. 그러나 그네의 향기는 바람을 거슬려도 쉼 없이 스며든다.

가을이 되면 모든 식물이 성장을 멈추듯, 사람 또한 노후가 되면 기력이든 정력이든 쇠락한다. 그것이 자연의 이치요 우주의 섭리일진대 나 또한 궤도를 이탈할까 봐 두렵다. 바다와 민물을 오가는 풍천에서 자라는 풍천장어 요리에 흠뻑 젖었다. 안주 접시 옆에는 장미꽃꽂이가 수반에 놓여 있다. 아내는 평소에 장미를 헤어진 소꿉친구처럼 반겼다. 장어 요리와 북분자술은 완벽한 궁합이었다. 오늘 저녁은 곱배기로 요강을 엎을지도 모른다. 장어는 꼬리 부분이 남자에게 말 못 할 정도로 좋다는 말이 있다고 했더니, 그 부분은 완전히 내 차지가 되었다. 오랜만에 술도 안주도 한 달

포쯤은 생각 안 날 정도로 입안이 분주했다.

선운사의 풍경소리도 잠들었는데 갑자기 뇌성이 방 안을 가른다. 아내의 가시 방망이는 날카롭고 위협적이었다. 꼼짝달싹 못 하고 약속대로 각서 두 장을 썼다. 각서 한 장당 벌로 부동산 등기부 1부씩을 넘겨야 했다. 아파트 건물분과 토지분을 갈취당했다. 이제 남은 것은 리조트 분양권 하나뿐이다. 완전히 끈 떨어진 두레박 신세가 되었다.

우리 넷은 한 방에서 어영부영하며 동침하게 되었다. 아내, 연인, 여친 그리고 나 순서로 자리했다.

조명등이 사라지자 나는 한 마리의 용이 되어 구름 위를 휘저으며 꽃들을 희롱하기 시작했다. 세 여인은 모두 장미, 무릇, 국화꽃으로 자태를 뽐내고 있었다. 산해진미로 거나하게 상기되자 그 용은 꽃들과 에멜무지로 노닥거리는 것이 아니었다.

서울에서 KTX를 타고 부산을 향하고 있다. 아내가 그리웠다. 여친과 애인을 타넘어 가려는데 친구가

"부산을 가려면 대전을 경유해야 될 게 아닌가!"

간신히 책임을 완수하고 다시 넘으려는데,

"대전을 통과했으면 대구를 경유해야제!"

어쩔 수 없이 봉사했다.

다음은 아내의 앙칼진 소리가 들렸다.

"대구를 거쳤으면 종착역을 향해 출발해야지!"

"에너지가 고갈되어서!"

이 사연이 각서 두 장의 소이연이다.

가슴이 너무나 갑갑하여 몸을 돌리자 아내는 비둘기처럼 새록새록 잠자고 있었다. 국화꽃과 무릇은 온데간데없고 장미 한 송이만 환한 미소를 머금고 있다. 각서 두 장이 보이지 않는다. 다행히도 아내가 1인 3역을 했음이 분명하다. 바람은 꿈에서라도 피울 일이 아니었다. 바람피워 각서 쓰는 일은 남의 일로만 들으리. 친구 같은 아내, 애인 같은 아내로 1인 3역 하는 아내가 가까이 있어도 그립다.

Merciful life

공공의 적

언제부턴가 날이나 숫자에 의미를 부여하는 습성이 생겼다. 그렇게 해서 외식 핑곗거리를 만들거나, 집밥을 먹더라도 특별요리로 술잔이 오가며 화답하다가 우심뽀하(우리 심심한데 뽀뽀나 할까?)를 할 심산이 깔려 있다. 이를테면 아이들의 생일을 '자녀출산기념일'로 해서 그들에겐 해 오던 대로 축하해 주고, 덤으로 아내의 수고로움을 되새겨 보자는 것이다. 딸 아이는 반기는데 아들 녀석은 표정이 왠지 심통해 보인다.

수필 문학에 심취하고부터는 상황에 의미를 부여하는 횟수가 부쩍 는 듯하다. 행동과 예술에 의미가 있어야 한다면 인생도 그에 따른 의미가 있어야 하지 않을는지? 생활의 의미화, 그것이 곧 수필이고 그렇기에 수필은 우리의 삶 자체가 아니던가. 어떤 사물이나 일의 숨겨진 뜻이나 가치가 밝혀지거나 그렇게 만드는 것을 의미화意味化라고 한다. 수필하는 사람에게 의미화는 매우 가치로운 요소이다. 그런데 정부에서는 '의미'라는 낱말이 왜색이 짙다 하여 '뜻'으로 바꿔 쓸 움직임을 보이고 있다. 그러면 어떻게 되나. '의미화' 하던 것을 '뜻화'로 써야 한단 말인가! 친북과 친미는 용서가 되고 친일은 안 되고, 역사적으로 볼 때, 일본은 우리에게 우호적이지 않다. 그렇다고 북한은 우호적인가? 6·25 한국 전쟁을 일으켰고 천안함을 폭침하기도 하지 않았나? 그뿐이랴…. 논어 전권에서 여성에 관한 내용이 한 가지 있다. '不可近不可遠' 너무 가까이도 하지 말고 너무 멀리도 하지 말라. 북한과 일본은 친교면에서 계륵과 같은 존재이고 '불가근불가원'의 관계가 아니던가. 어문 정책이 시대의 변화에 부응할 필요가 있을 법도 하건만, 어떻든 홍시가 되기 전 떫은 감 먹은 기분이 든다.

선물을 뜻하는 영단어로 gift와 present가 있다. gift는 목적이나 이유 없이 거저 주는 선물이고, 의미나 목적이 있는 것은 present라고 한다. 이른바 의미에 따라 그 쓰임이 갈리나 보다. 고래로 선물과 관련된 말에 하선동력夏扇冬曆이 있다. 여름에는 부채를, 겨울에는 새해 책력을 선물한다는 것이다. 지금까지 삶을 영위해 보니, 참다운 행복은 물건을 받는 것보다 선물을 준비하는 기쁨에 있는 듯하다. 더욱 중요한 것은 그 보내는 물품에 있지 않고 그 마음에 있다는 것을. 준 사람의 정이 변하면 아무리 값진 선물도 초라해진다는 것을.

어느 시골 교회의 한 성도가 손수 농사지은 검은콩으로 콩자반을 만들어 빈 꿀병에 넣어 담임 목사께 드렸더니 싱긋 웃으면서 "물질 가는 데 마음도 가지요." 하더란다.

이와 대조되는 중국 신천현의 현령 얘기는, 장모씨가 현령으로 부임하여 몹시 청백한 소리를 했다. 그러더니 얼마 안 가서 많은 사속들을 불러, "아무 날이 나의 생일인데 누구를 막론하고 무슨 선물 같은 것은 가져올 생각도 말게. 가져와도 받지 않을 테니." 생일이 되자 사속들은 많은 비단이며 금은 기물이며 값비싼 선물을 가지고 와서 축하했다. 현령은 놀라는 시늉을 하면서, "이게 웬일들인고. 제발 이런 짓들을 말라고 미리 당부를 하지 않았던가? 모처럼 가지고 온 것을 안 받는다면 정의가 아니고 받자 하니 이런 미안할 도리가 어디 있는가?" 그들의 권유에 못 이긴 듯 선물 꾸러미를 거둔 뒤, 음식을 먹고 돌아가려는데, "오늘은 이렇게 되었지만 아무 날은 우리 마누라 생일이니 그날은 참으로 아무것도 가져오지들 말게나." 그들이 나오면서, "흥, 이건 갈퀴라도 쇠갈퀴로군. 한없이 긁기로 작정이구나!" 현령의 부인 생일에도 울며 겨자 먹기 한 것은 말할 것도 없다. 현령은 자기와 마누라의 생일을 생재일生財日로 의미를 부여했던 모양이다.

어느 사람이 이것을 풍자하여 시 한 구를 지어 현령에게 보냈다. "처음 올 때는 하늘에 날아다니는 고상한 학인 줄 알았더니, 내려온 것을 보니 고기만 찾는 욕심 많은 백로였구나." 사회가 혼란스러울수록 잡법이 많이 생긴다더니, 중국의 신천 현령의 행위가 우리나라 '0란법'의 발원지쯤으로 기록될 듯하다.

아들이 태어날 땐 겨울이었고 딸은 가을이었다. 딸아이의 생일날에 아내와 함께 백화점에 들렀다. 평소에 필요로 하던 액세서리를 구입하기 위해 매장으로 직행했다. 서브다이아가 소복이 박힌 머리핀을 골랐다. "우리 딸 출산 기념일 선물!" 첫 시도에, 조그마한 물건이지만 흡족해하는 아내의 모습을 지금도 지울 수가 없다. 그날 이후로 아내에게 선물하는 일이 연 2회 추가되었다. 올해로 강산이 두 번 바뀔 연수가 된 듯하다.

지난 정월 대보름날이었다. "어머니, 목걸이 못 보던 것이네요." "이건 너의 아버지가 네 출산기념으로 준 선물이란다." "아버지더러 앞으론 이런 선물 하지 마시라고 하세요. 이는 뭇 남편들의 '공공의 적'이라고요." 아내는 이런 아들의 조크가 재미있더란다.

날이나 숫자에 의미를 부여하는 습성은 아직도 진행형이다. 자녀 출산 기념일 말고도 새로운 것을 모색 중이다. 가족을 위한 것이라면 특히 내자에게 기쁨을 주는 것이라면…. 비록 그 행위가 뭇 남편들의 공공의 적일지라도 아내가 마다하지 않고 내가 즐거운데 어쩌랴.

"아들아, 네 사전에는 '인명人命은 재처在妻'란 용어가 아직 없지?"

냉가슴

모기와 소진드기는 이웃하고 산다. 모기는 온갖 동서고금의 정보가 넘치나, 소진드기는 우물 안 개구리 같아 그에게서 얻은 것들이 고작이다.

모기가 어느 날 아침 식사 후 소진드기에 잠시 들렀더니, 말을 할 듯 말 듯 머뭇거리고 있다. 말이 혀끝에서 빙빙 돌기만 하고 생각이 나지 않는 모양이다. 모기가 너스레를 떨면 소진드기의 귀는 마냥 즐겁기만 하다. 하지만 지금 상황이 무척 우중하니 어쩌나. 인간들도 나이 들면 그런 현상이 일어나곤 한단다. 요즘 젊은이들도 그런다나! 어느 심리학자가 그러는데, 알고 있는 사실인데도 정확한 정보가 기억

나지 않아 혀끝에서 맴돌다가 말로 표현되지 않는 것을, 우리한텐 낯설지만, 좀 유식하게 '설단현상舌端現像; Tip-of-the-tongue Phenomenon'이라고 한대. 재밌는 것은 누군가가 해당 낱말에 대해 약간의 실마리를 주면 기억해 낼 수 있다는 점이야. 긴장을 많이 하게 되는 면접시험을 볼 때 자주 발생한다나. 요즘 취업이 북한의 CVID완전하고 검증 가능하며 불가역적인 핵폐기보다 더 어려울 거라고 그러더군. 면접 볼 때 답변이, 줄기차게 흐르는 수도꼭지처럼 유창하게 나오지 않고, 혀끝에서만 뱅뱅 돌면 그 심정이 어떨까? 수화는 말로 의사표시를 하는 것이 아니고 손으로 하는 거잖아. 그래서 수화계에는 '혀끝에서 빙빙 돈다'를 '손가락 끝에서 빙빙 돈다'라고 한다나?

오래전 작은 도시에 허황한 일이 벌어졌었지. 그 지방에 주재하는 기자는 다방 아가씨가 탐이 나서 짓궂게 굴자 그만 면도날로 거시기를 절단해 버렸대. 그 소문을 들은 성인 남녀 둘 이상만 모이면 수군수군 했었지. 이때 남자들 사회에서는 세 가지 끝을 조심해야겠구나 하면서 자성론이 들끓었단다. 세 가지 끝이란 혀끝[舌端], 붓끝[筆端], 거시기 끝[腎端], 이렇게 해서 '삼단조심' 해야겠다고 다짐하면서 그 사건을 타산지석으로 삼았지.

혀끝을 조심하라는 것은 말조심을 하라는 것이야. 뿐만 아니라 kiss를 강제로 하지 말라는 뜻도 담겨 있지. 강제로 한다면 그것이 성폭력이잖아. 키스를 4자성어로 무엇이라고 하는지 알아? 내 전에 얘기한 듯한데 공부 좀 해라. 공부해서 남 안 주잖아, '설왕설래舌往舌來'라고 한다고! 서로의 혀가 들락날락하기 때문이라나. kiss보다 더 형상화된 묘사 같지 않니?

붓끝은 펜을 조심하라는 것이지. 남을 비방하고 모함하는 글을 신문이나 책에 게재했다가 엄청난 고통을 치른 필화사건이 한두 번이니? 생각만 해도 몸서리 쳐진다. 붓은 손으로 잡는 것이니까 '붓끝'을 '손끝'이라고도 해. 더듬과 출신도 아니면서 함부로 그랬다가 성희롱에 휘말리면 그것도 인생 막장이 아니던가.

신단은 삼단 중에서 가장 조심할 덕목이야. 화간和姦이든 또 뭣이든 문제가 되면 인생 끝장인 걸 무수히 보아왔었잖아. 한 조각 붉은 마음만이 성스러운 성문화의 정착이 아닐는지…. 말하긴 뭣하지만, 여성들도 섹스어필을 지나치게 과시하지 않았으면 어떨까. 내 주장만 내세우지 말고 상대방에게 배려하고 봉사하며 양보하는 모습이 더 도드라졌으면 더욱 아름답게 보일 텐데. 이를테면 입장 바꿔 생각해 보라는 역지사지 정신이 좀 아쉽다고나 할까.

사람들은 사건이 터지면 조심하는 척하다가 시간이 흐르면 곧 잊어버리는 것 같아. 에빙하우스의 망각곡선이 상황에 따라 적용되었으면 좋으련만. "Time will tell시간이 해결해준다."을 잘못 이해하고 있는 듯하여 안타깝기 그지없다. 요즘 보면 가관이잖니? 어느 도지사는 자기 여비서를 농락했다가 그 좋은 자리를 내놓았고, 안 그랬으면 더 큰 자리도 넘볼 수 있는 지명도가 높았었지.

한편, 문단에서도 발칵했잖았어? 50대의 여류시인이 어느 해 9월 인문교양 계간지 《황해문화》에 〈괴물〉이라는 제목의 시로 원로시인의 성추행을 폭로하여 문단은 말할 것도 없고 전국이 소용돌이 쳤잖니? 어떤 시장은 집무실 옆에 수면실을 마련하고 여비서를 농락하였다니 아마도 그는 그런 행위를 로맨스로 볼 거야. 그뿐인가, 문화계도 그렇고 각종 직장과 단체에서 Me, Too(나도 당했다)에 안전할 자가 과연 얼마나 되려나.

모기가 소진드기를 자세히 보니 가관이었다. 입에는 새

빨간 루주를 덕지덕지 바르고 자기에게 쭉 추파를 던지고 있었다. 그 모습이 어쩐지 의뭉스러웠다. 배가 얼마나 커졌는지 거짓말을 손톱만큼만 보태면 한가위달만 했다.

"모기야, 우린 절친이잖니? 내 소원 하나 들어 주렴. 나의 밑 부분을 너의 예리한 침으로 한 방만 놓아 다오."

소진드기는 소의 피를 한껏 빨아먹긴 했지만 배설하는 항문이 없기 때문에 소화가 다 될 때까지 곤욕을 치러야 한다. 그녀는 소식이 과식보다 건강에 좋다는 것을 깜빡했던 모양이다. 견물생심도 과유불급이 아니던가. 모기가 갑자기 정색을 하며,

"친구야, 미안하지만 난 딱따구리가 아니거든."

"그게 무슨 말씀이야."

"한 서린 여인의 시 한 수, 정선아리랑의 '어랑 타령' 생각나지 않니? '앞산 딱따구리는 생구멍도 잘 뚫는데 우리 집 저 멍텅구리는 뚫어진 구멍도 못 뚫누나.'"

"난 그게 아닌데…."

"말귀를 통 못 알아듣는군. 친구야, 그런 말만은 허지들 말어! 조선시대 도승지 오성 대감댁 겸인傔人의 얘기를 너도 들어서 알 텐데. 그는 이웃마을의 혼자 사는 중년 부인의 이

미 나 있는 구멍을 뚫었다가 지금까지 옥살이를 하고 있잖
니. 하물며 내가 앞산의 딱따구리도 아닌데 너에게 '생구멍'
을 뚫으면 그 죄과가 어떻게 되려나? 너 그래놓고 온 세상
에 'Me, Too!' 외치려고?"

"…………."

"그런 건 두 발로 걸어 다니는 위인들이나 하는 짓거리거
든. 우린 뼈대는 없지만 유구한 역사를 간직한 건전한 이웃
사촌이잖니, 그지?"

난데없이 마을 앞산에서 딱따구리의 생나무 쪼는 소리가
경쾌하게 들린다.

'헛 그 참.'

두 마리의 토끼

굼드렁타령이다. 시니어이자 화려한 백수가 되고 보니 만감이 교차한다. 우리에겐 건강과 재물도 중요하지만 소일거리를 간과할 수 없다. 게다가 어느 하나라도 소홀히 할 수 없는 것이 배우자와 친구이다. 흔들리지 않고 여무는 곡식이 있으랴만, 부부 사이의 금실지락과 친구 사이의 끈끈한 우정, 두 마리의 토끼를 다 가질 수는 없는 것인가?

예로부터 친구 사이를 2분법으로 분류하기도 했다. 세 이로운 벗인 삼익우三益友와 사귀어 자기의 손실이 되는 세 가지의 벗인 삼손우三損友가 그것이다. 삼익우로는 정직한 사람, 믿음직한 사람 그리고 견문이 넓은 사람이다. 반면 삼손우는 편협한 사람, 선유한 사람 그리고 실속은 없으면서 말만 앞세우는 사람이다.

이솝의 동화 〈동무가 된 쥐와 개구리〉 같은 친구는 어떨까? 친구가 된 쥐와 개구리는 늘 같이 지내면 우정이 더 도타와질 줄 알고 한 다리씩 묶고 들판과 연못으로 돌아다녔다. 들판에선 쥐가 신이 났었는데 우물에선 개구리가 살판났다. 개구리가 물속에 오랫동안 머무는 바람에 쥐가 숨이 막혀 죽어 물 위에 뜨자 살아있는 개구리도 함께 솔개의 밥이 되고 말았다. 이를테면 '2서와 3각二鼠蛙三脚'의 낭패당한 표본이 아니던가.

하조대에 올랐다. 하조대는 고려 말 하륜河崙과 조준趙浚이 이곳에 은둔하며 새로운 왕조를 세우려는 혁명을 꾀했고 그것이 이루어져 뒷날 그들의 성을 따서 하조대라 명명되었다. 조선 정종 때 정자를 세웠으나 현재는 바위에 새긴 '河趙臺'라는 글자만 남아있다. 1998년에 양양군이 6각정을 복원하여 오늘에 이른다. 정자에서 바라보는 풍광은 너무나 빼어나 2009년 12월 명승 제68호로 지정되었다. 도로 확장과 주차장 확보는 관광 명소의 최우선 순위가 아닐는지? 대로에서 하조대 주차장까지의 거리도 거리려니와 편도 1차로여서 엄청 붐볐다. 대형 관광버스에다 범퍼에 범퍼를 무는 승용차들, 젊은이들이 운전하는 외제차에 접촉사고 안 나도록 주차하느라 이마에 땀방울이 송송했다. 일출 시간이 아니지만 관광객으로 혼잡했다. 낙산사 의상대와 함께 일출의 명소로 잘 알려져 있다. 드라마 '태조 왕건' 촬영지 탓인지, 아니면?

정자에 올라 깔개도 없이 주저앉았다. 다리에 에너지를 재충전하기 위해서다. 오른쪽엔 하조대 해수욕장이고 왼쪽엔 등대, 그 사이가 동해의 망망대해다. 크고 작은 선박들이 점점이 떠 파도에 몸을 실리고 있다. 예로부터 이곳을 한번 거친 이는 저절로 딴 사람이 되고, 10년이 지나도 그 얼굴에 산수 자연의 기상이 서려 있게 된다고 기록될 정도로 경관이 수려한 지역이다.

다리의 피로가 풀릴 즈음 눈도 쉬어야 된단다. 어느새 플래시백 되어 그들 사이를 엿보게 되었다. '그들은 누구일까?' 그들은 한 살 차이로 조준이 위다. 이성계의 위화도 회군과 조선 건국 그리고 이방원 편에 서기까지 언제나 의견 일치가 된 것은 아니었다. 그야말로 큰 것은 같으되 작은 것은 대립도 있었지 않겠나. 그것이 하나의 상처로 남았을 줄

이야. 그들은 상처를 통해서도 상대를 이해할 수 있나 보다. "상처는 다이어먼드에 낀 구름 / 물의 요정이 눈짓한 자국 / 꼬라친 자국" J. 콕토의 〈한 잠의 넋두리〉가 이를 대변하는 듯하다. 상처는 나아도 흉터는 남는다더니.

그들의 우정이 더욱 궁금해진다. 중국 고사에 나오는 백아伯牙와 종자기鍾子期 사이의 '지음지우知音之友'가 연상된다. 백아가 거문고를 타 높은 산울림으로 표현하려 하자,

"아, 굉장하다! 사뭇 차아嵯峨하여 태산과 같다."

흐르는 물을 거문고에 실으려 하자,

"아, 좋아. 양양하여 강하(양자강과 황하)와 같다."

백아에게 있어 종자기는 자신의 음을 참으로 알아주는 벗이었다. 그러다가 종자기가 죽자 백아는 거문고를 부수어 줄을 끊고 평생 거문고를 타지 않았다고 해서 '백아절현伯牙絶絃'이란 신조어가 생겨나고, 벗이나 지기의 죽음을 애도할 때 위로의 뜻을 표하는 말로 쓰인다.

수령이 백년을 넘어 보이는 소나무 두 그루가 2m 정도 거리로 기품 있게 서있다. 뿌리 부근을 보는 순간 나의 동공은 커지고 입은 다물 수가 없었다. 두 그루에서 나온 뿌리가 맞닿아 있기 때문이다. 국수 만드는 홍두깨 굵기 정도

인데 땅에 닿은 부분은 연결된 자국 없이 완전히 한 뿌리인데, 윗부분은 거친 옹이처럼 매듭지어져 생채기가 뚜렷하다. 한 나무의 가지가 이웃 나무의 가지에 맞닿아서 결이 통한 것을 연리지連理枝라 한다. 화목한 부부나 애틋한 남녀의 사이를 비유해서 일컫는다. 연리지는 희귀하기는 하나 국내외 여행을 하면서 몇 차례 보았다. 그러나 두 나무의 뿌리 결이 통한 것을 본 건 처음이다. 이런 경우를 '연리근連理根'이라 하면 어떨까? 큰 국어사전에도 실리지 않은 걸로 봐서 세상에 있기는 하되 눈에 잘 띄지 않은 듯하다. 하륜과 조준의 우정을 반천년 후에 그들 사이의 우정이 소나무 두 그루로 환생한 듯하다. 하조대의 6각정을 향해 밤낮과 비바람을 견디면서 바라만 보고 있다.

우리는 두 나무 사이에서 한 손으로는 서로 마주 잡고 다른 손으로는 나무를 잡았다. 그리고 안쪽 다리는 맞붙이고 다른 발은 벌렸다. 마치 두 나뭇가지는 맞붙고, 두 뿌리마저 연결된 형상이다. 그런데 난데없이 토끼 두 마리가 와서 우리 둘의 등산화 위에 올라앉아 우리를 쳐다본다. 이것을 본 관광객들이 스마트폰을 연신 터뜨린다. 이런 희한한 광경을 본 그들의 함성에 눈을 떴다.

11월 초순의 스산한 가을바람이 산과 바다 내음을 번갈아 실어 날라 몸이 에드벌룬에 탄 기분이다. 육각정을 한 바퀴 돌아서 등대를 향할 즈음이다. 참으로 기이한 현상이다. 어느 시인의 〈그 꽃〉이라는 시가 저절로 패러디되어 읊조렸다. '내려갈 때 보았네 / 올라갈 때 못 본 / 그 연리근' 조금 전 환영으로 보았던 그 상황 그대로다.

우리 부부는 너무나 신기하여 그 모습 그대로 재현해 보았다. 두 손을 맞잡은 것은 '연리지'이고 두 발을 맞대자 초등학교 운동회 때 해본 2인3각二人三脚의 '연리근'이다. 뿐만 아니라 토끼 두 마리가 힐끔힐끔 뒤돌아보며 등대 쪽으로 깡충거린다. 우리의 발걸음도 빨라졌다.

민족도 섞자

민족은 있어도 인종은 없다. 우리가 사는 지구에는 여러 종류의 사람이 살고 있다. 황인종, 백인종, 흑인종을 3대 종족이라 했다. 어릴 적, 우리가 백인종은 차치하고라도 흑인종보단 우수한 수준을 지나 탁월하다고 여겨 왔다.

인종 차별은 못난 짓이다. 6·25 전쟁이 일어나자 미국의 백인과 흑인 병사가 많이 왔다. 3년여 동안의 전투와 휴전 이후에도 계속 주둔한 탓에 혼혈아가 태어났다. 우린 그들을 보고 '튀기'라고 낮잡아 이르기도 했다. 특히 흑인 혼혈아는 놀림의 대상이 되었다. 그뿐만 아니라 우리 국민 사이에는 제노포비아Xenophobia라고 해서 외국인 혐오증이 심했던 것도 사실이다. 우리는 백의민족으로 단일민족임을 한 때 헌법에 명시할 정도였다.

일본은 착하지 않은 이웃 나라다. 그들은 같은 동양계로 얼굴 피부색과 모습이 중국과 더불어 흡사하다. 언어와 풍습만 다를 뿐이다. 그런데도 악랄함에서는 그 무엇에 비기랴. 그들은 35년간 우리나라를 강점하면서 우리에게 저지른 만행은 후손들에게도 치를 떨게 한다. 문화말살정책에 창씨 개명까지 자행했다. 민둥산이 왜 생겼나? 각종 연료로 쓸 관솔 채집으로 소나무가 몸살을 앓았다. '춘궁기'니 '보릿고개'니 하는 것도 그들이 강압적인 과다 공출로 그렇게 된 것을 우리 부모들은 지하에서도 분통을 터뜨리실 거다. 잘못된 과거사에 대한 반성과 보상은 하지 않고, 우리 땅의 일부인 독도를 탐내기까지 한다.

희망적인 신문 기사를 읽었다. 한 달여 전에 영국의 경제 주간지 〈이코노미스트The Economist〉를 우리 글로 발췌한 것을 보았다. 앞으로 40년, 그러니까 2050년의 세계를 대담하게 예측한 기사였다. 그중 눈이 번쩍이고 귀가 솔깃한 내용은, "풍요의 지표인 GDP에서 일본은 한국의 약 절반이 된다."는 대목이다. 이것을 보고 불현듯 로젠탈 제이콥스의

〈피그말리온 효과Pygmalion Effect〉가 머리에 전류로 강하게 흘렀다. 우리 국민의 간단없는 노력과 열정에 따라 그렇게 될 것이라고 굳게 믿고 싶다. 그것이 실현되면, 우리가 일본의 먹이가 된 적이 있듯이 그땐 일본이 우리의 밥이 되겠지!

우리를 비웃는 흑인 여성이 있었다. 20여 년 전의 일이다. 선진지 교육시찰 명목으로 미국에 갔을 때다. 케네디 공항에 내려 호텔에 들렀다. 그 직원 가운데는 흑인 여성이 많았다. 그들은 우리 일행을 보고 칠흑 같은 피부에 백옥 같은 이빨을 드러내어 야릇한 웃음을 짓는 것이 아닌가! 저희끼리 낄낄거리기도 했다. 그네들의 속셈과 말귀는 모르지만 떫은 감 씹은 기분이었다. 현지 가이더가 귀띔해 준 것이지만 우리 동양인을 보고 조롱했다는 것이다.

3대 인종이 탄생한 내력이 흥미롭다. 우스갯소리지만, 창조주께서 흙으로 인간을 빚으실 때 시간을 못 맞춰 실수로 새까맣게 타버린 것이 흑인이다. 그리고 탈까 봐 일찍 꺼내 설 굽힌 것이 백인이고, 가장 정성들여 빚은 것이 우리 황인종이라 하지 않던가. 뉴욕은 150여 개국의 사람들이 살고 있어서 이곳이 '세계 인종 전시장'이란다. 각기 조국은 다르지만, 시민권을 획득하여 미국 국민이 된 이상 위대한 미국 만들기에 모두 힘을 모은단다.

우리나라에도 외국인이 여러 통로를 거쳐 귀화한 수가 계속 늘고 있다. 처음엔 이단시하기도 했지만 이제 우리 국민이 되어 다문화가정에 대한 깊은 이해와 관심과 배려가 나날이 개선되고 있는 듯하다. 우리나라가 확실한 선진국 대열에 진입했다는 신호인, 세계 7번째로 120-50클럽'에 가입한 결정적인 역할을 다문화 가족이 하지 않았나? '자연은 순수함을 혐오한다.'는 말처럼 여러 민족이 모여 힘을 모으면, 우리도 대단한 국가경쟁력을 발휘하지 않을까.

우리는 요즘처럼 이념 분쟁이 극명하게 가르는 것을 해결하는 지혜를 발휘할 때인 것 같다. 일본의 GDP가 우리의 절반 수준이라도 그들처럼 악독하게 하겠나. 우리가 누군가? 단군의 자손으로 홍익인간 정신이 충만하고, 젊은 세대는 최첨단 산업 전선과 한류를 타고 국익을 위해 땀 흘리는 신사도 정신으로 무장하고 있다. 이제 우리 국민이 모두 남남 갈등, 동서 갈등 심지어 노소 갈등, 인종 갈등에서 벗어나는 퓨전과 통섭의 화해 분위기로 가야 할 시점이 도래한 듯하다. 음식이나 콘크리트처럼 섞여야 맛의 풍미와 튼튼하고 강한 힘을 내듯 우리 민족도….

쓰리 고Three Go

화투 놀이에 '쓰리 고'라는 것이 있다. 같이 치는 두 사람이 날 가능성이 없어 보이고 돈에 탐이 더 나면, 정도에 따라 '원 고', '투 고', 그리고 '쓰리 고'까지 할 수 있다. '쓰리 고'를 하게 되면 3점이 가산되고 두 배의 돈을 더 받는다. 게다가 '폭탄'이나 '피박'까지 쓰면 '한도'까지 가긴 일쑤다. 물론 게임의 규정에 따라 한도가 없다면 그리고 한 점당 액수가 크다면 문제는 달라진다. 씌운 사람과 쓴 사람의 회비는 그야말로 천당과 지옥 사이가 된다.

내 인생에도 '쓰리 고'가 있었다.

'원 고'는 '불장난 끊고'다. 발단은 초등학교 다닐 때의 불장난이다. 세수하고 방으로 들어갈 때 잡은 문고리가 쩍쩍 달라붙는 계절의 등굣길이다. 6·25 전쟁 때 피란 다녀온 직후라 방한이 너무나 열악했다. 내복은 아예 없었고, 솜을 넣은 겹 무명옷을 입었다. 뜨개질한 양말에 고무신이 고작이었다. 그래도 학교는 멋모르고 다녔다.

논두렁을 지나갈 즈음, 나이는 두세 살 많았지만 한 학년 위의 형 둘을 만났다. 고갯마루가 저만치 보였다. 눈물, 콧물이 얼고 입이 떨어지질 않아 말이 제대로 되지 않았다. 형 하나가, "우리 불 좀 피우다 가자!" 아무 말도 안 한 사람은 나였다. 다만, 지각은 하지 말아야 한다는 걱정이 소나기 쏟아지기 직전의 먹구름처럼 온몸을 짓누르고 있었다.

"형, 이제 가자!"

불 피운 자리를 밟고 모래도 끼얹었다. 연기는 피어 올랐지만, 위험할 것 같지는 않았다. 얼마 가지 않았는데 또 불을 피우잔다. 하는 수 없이 불쏘시개를 긁어모아 피웠다. 앞을 쬐면 뒤가 시렸고, 등을 쬐면 앞부분의 살이 아렸다. 장갑이 없으니 손등은 갈라 터져 피멍 서린 것이 떡갈나무의 잎맥을 이루는 듯했다. 이 와중에도 지각 걱정을 하는데, 형들은 불 앞에서 일어날 줄 모른다. 혼자 주적주적 고갯마루로 올라갔다. 웬걸 친구들이 하교하고 있는 게 아닌가, 해의 위치로 봐서 점심때도 덜된 것 같은데 이게 무슨 영문일까? 추위고 뭐고 억울해서 눈물이 쏟아졌다. 그 눈물은 그대로 얼어붙었다. 하늘은 온통 은행잎으로 수 놓은 듯했다. 초등학교 전 과정에서 유일한 결석이었다.

'투 고'는 '고스톱 끊고'다. 결혼하고 몇 해 안 되었을 때의 봉급날이다. 우린 같은 직업이었기 때문에 봉급날엔 그런 대로 서로 위로하고 챙겨주며 외식도 하곤 했다.

퇴근할 즈음 사발통문이 돌았다. 퇴근 즉시 숙직실에서 한잔한다고. 아내와의 외식 약속에는 차질이 없을 것 같아서 거기에 들렀다. 웬걸 술판은 잠깐이고 화투판이 벌어졌다. 놀이는 오너가 패를 잡고 넉 장을 펴서 하는 소위 '가기'라는 놀음이었다.

시간이 지남에 따라 판이 점점 커졌다. 자정 무렵이 되자 월급봉투가 얄팍해졌다. 마음이 점점 무거워졌다. 집에서 기다리는 아내의 모습이 떠올랐다. 밤 9시, 10시까진 이해를 해 주었겠지만, 지금은 날이 바뀌어 가고 있지 않은가, 그녀는 요기도 못 했을 것이다. 갓 태어난 소중한 우리 아기에게도 너무나 미안했다.

문을 열고 잠시 나왔다. 하현달과 수많은 별이 나를 쏘아보고 있었다. 빈 봉투로는 이 야밤에 집에 갈 수가 없었다.

참으로 희한했다. 벽시계가 3시를 알리고부턴 끗발이 쑥쑥 올라왔다. 4시 무렵엔 나간 돈을 모두 찾고도 조금 남았다. 본전 외에 딴 것은 제일 많이 잃은 코보 선배님께 드리고 자리를 박찼다. 아내는 그때까지 먹지도 자지도 않고 있었다. 눈이 퉁퉁 부어 있었다. 그 후론 화투장을 보기만 했다.

'쓰리 고'는 '담배 끊고'다. 담배 또한 멋모르고 피웠다. 남자라면 의당 피우는 줄로 알았다. 군대에 있을 때만 해도, 하루 보급량 6~7개비가 충분했다. 남을 때가 잦아 골초 전우에게 나눠주기도 했다. 처음엔 담배 맛이 별로라서 은단을 입술에 닿는 부분에 넣어 피우기도 했다. 이러다가 중년이 되었을 땐 줄담배Chain-smoking가 되어 버렸다. 50대 때가 가장 심했다. 부부모임에 가면 술도 담배도 내가 제일 심하더란다. 이쯤 되니 목이 정상이 아니었다. 입을 많이 사용하는 직종이라 많이 쓸수록 기침이 심했다. 그래도 담배를 피웠다.

담배 연기와 함께 스트레스를 날리기도 했겠지만, 목과

폐는 얼마나 원망하고 안타까워하며 저주했을까? 아내는 말할 것도 없고 아들의 걱정이 이만저만이 아니었다. 얼굴색이 다르다는 둥, 등짝이 언밸런스라는 둥 담배를 끊어야 한다고 권유 아닌 애원이었다.

담배를 끊기 위한 시도를 수없이 했다. 새로운 고급 담배가 출시되면,

"여보, 이것 한 보루boardbox만 피우고 끊으리다."

"금연 담배 피워보면 어떨까?"

"'마일드' 한 보루만…."

"'퍼라먼트' 한 보루만…."

이러기를 수없이 했다. 작심삼일이 부지기수다. 최고로 100일까지 진행된 적도 있었다. 때마침 며늘아기의 출산일이 다가왔다. 3D 촬영 결과 남아란다. 조손간의 최대의 적은 담배 냄새라는 것을 주변에서 많이 들었다. 나는 손자와도 친해지고 싶었다. 담배를 끊기로 작정하고 온 가족에게 선언했다. 그날이 바로 딸아이의 생일이었다. 새해 12월 7일이 '금연 10주년'이 되는 날이다. 그동안 한 까치도 피우지 않았다.

지금까지 금연 주년마다 격려와 축하를 해 준 아내와 아

들과 며느리 그리고 사위와 딸에게 무지하게 고맙다는 말을 어떻게 표현하면 보상이 될까? 그동안 아들은 빠짐없이 금연 축하금을 보내주었다. 번번이 축하만 받았는데 이번 10주년 땐 내가 한턱 쏴야겠다.

아이들은 장난으로 연못에 돌질한다 하더라도 개구리는 장난으로 죽는 것이 아니라 참말로 죽지 않던가.

내 인생의 '쓰리 고'는 장난삼아 했던 불장난과 화투 놀음 그리고 흡연에서 빚어진 후회막급의 부산물이다. '고스톱의 쓰리 고'는 고Go이지만, '내 인생의 쓰리 고'는 스톱Stop이다.

어느 두더지의 최후

거짓말도 자꾸 하면 느나 보다. 모든 사람을 얼마 동안 속일 수는 있다. 또 몇 사람을 늘 속일 수도 있다. 그러나 모든 사람을 늘 속일 수는 없다고 했다. 하나의 거짓말을 참말처럼 하기 위해서는 항상 일곱의 거짓말이 필요하단다.

몇 해 전부터 밭 주인이 유실수 밑에 부직포를 깔았다. 물론 주인은 한국전쟁 때 중공군의 인해전술처럼 끊임없이 돋아나는 잡초에 혼쭐이 났기 때문이리라. 그러나 우리에게는 오두막집에서 고급 아파트로 이사한 기분이다. 발가락에 아무리 발달한 발톱이 있다 해도 많이 쓰면 닳기 마련이다. 부직포 밑을 깊게 파지 않고 통로만 만들면 이동이 가능하니 얼마나 수월한가.

부직포 밑은 먹이의 보고다. 땅 주인이 농약을 사용하지 않고 유기질 퇴비를 많이 사용해서 온갖 벌레들이 득실거린다. 아침에는 지렁이와 곤충, 점심으로는 애벌레와 번데기, 저녁엔 풍뎅이와 개구리 등 골라가면서 메뉴를 짜서 영양식한다.

우리는 교미를 보통 3-4월에 갖고 약 3개월 정도의 임신 기간을 거치면 두서너 마리의 새끼를 낳는다. 성장 속도가 빨라 반년 정도면 성체의 크기가 된다. 그러다 보니 식구 수가 잘도 는다. 우리도 지금 같아서는 땅속을 지배하는 지하의 왕국을 건설할 날이 올 듯도 하다. 흔히들 우리는 쥐를 닮았다고 한다. 하기야 주둥이를 비롯한 머리 부분이 흡사하다. 다만 눈은 차이가 난다. 쥐는 시력이 좋지만 우린 그렇지 못하다. 대신 청력은 매우 발달해서 미세한 소리에도 반응하여 줄행랑을 놓는다. 우리는 주로 해가 진 뒤 한밤중에만 땅 위로 간혹 올라오지만 대부분 지하 은둔 생활을 즐긴다. 이를테면 우리의 무대는 밤이고 밤손님인 셈이다.

하루는 휴전선 위쪽에 있는 동족과 카톡을 했다. 거기에 인간이 우리 흉내를 내고 있더란다. 지금까지 땅굴이 네 개나 발견되었다. 처음 발견되었을 때 그들은 남측에서 팠다고 우겼다. 굴을 뚫을 때 다이너마이트 장전공의 방향과 곡괭이의 방향이 북에서 남으로 향하고 있다는 점을 제시하니, 거짓말을 밥 먹듯 하는 그들이지만 말문이 막히더란다. 그뿐만 아니라 갱도 배수로의 방향이 남에서 북으로 나 있다. 더욱이 굴착 공법의 차이가 크다. 북한은 폭발 공법을 쓰기 때문에 벽면이 그을렸지만, 우리 대한민국은 대형 굴착기를 사용해서 벽면의 색깔이 변하지 않는다. 기술 면에서도 큰 차이를 보이는 것이 사실이다.

땅굴은 북한이 기습전을 목적으로 비무장지대의 지하에 놓은 남침용 군사통로다. 이 굴은 지상에서 130m 정도의 깊이로 판다. 깊이가 두 자리 숫자면 나무와 잡초가 고사하기 때문이다. 발견 안 된 것이 20여 개로 관측되었다. 어느 군사전문가에 의하면 서울의 지하철과 연결되도록 고안되었단다. 물론 정부에서는 정확한 정보에 의해 대책을 빈틈없이 마련하고 있겠지만, 국민들은 대다수 경각심을 늦추고 있는 상태다. 그런가 하면 정치판에는 드러난 지엽적인 사안에 대해서 말장난만 하니, 지난여름 폭염으로 찌든 한숨까지 나온다. 몸 속의 장기에 숨겨진 살인마 '아니사키스'

가 번식하고 있다는 사실을 알아채지 못하기 때문이리라.

　요즘 땅굴 안에는 석탄을 발라 놓았단다. 그것은 석탄 작업 중이었다는 설정 때문이라나? 우리 이웃에는 하이에나급 두 강국이 우리를 넘보고 있다. 남북이 합쳐도 힘겨울진대 우리끼리 이러고 있으니 속 터진 사람이 많을 성싶다. 북한은 점심때면 들통 날 거짓말을 아침에 스스럼없이 하고 있다. 거짓말은 북한의 본능일지도 모르겠다. 자연은 사자에게 발톱과 이빨을 주고 소에게는 뿔을, 문어에게는 먹물을 준 것처럼 북한에는 자기방어를 위해 거짓말하는 잔꾀를 주었나 보다.

　몇 해 동안 평온하던 우리 아지트에 날벼락이 떨어졌다. 땅 주인이 나무 밑에 깔아 둔 부직포를 걷어 낸 것이다. 한 오 년 정도 사용하니 만지면 찢어지고 핀이 꽂힌 자리에 잡초가 비집고 올라왔다. 주인은 얼마나 놀랐을까? 또 얼마나 괘씸했을까? 유실수 주변을 수도권의 지하철 노선도처럼 파놓았기 때문이다. 그동안 식구 수가 늘다 보니 통로 수도 덩달아 늘었났다. 모두 평소의 훈련대로 날쌔게 잠적할 수 있었지만, 가장 많이 먹고 상시 놀기만 하던 늦잠꾸러기, 뚱딴지 녀석이 통로를 이탈하여 밭으로 나갔다가 희생되고 말았다.

밭주인은 우리의 속내를 뱀장어 물속처럼 훤히 알고 있었다. 땅을 파고 나가는 앞쪽에서 포획을 시도했더라면 아무리 느림보라도 몸을 감출 수 있었을 텐데, 뒤쪽에서 퇴로를 차단하는 바람에 영락없이 잡히고 말았다. 삽으로 떠올린 그는 밝은 햇빛 아래에서는 눈의 구실을 못 해 우리 모두의 괘씸죄를 뒤덮어 쓰고 말았다. 땅 밖에 나온 두더지는 마치 링 위에서 눈봉사 복서 신세가 되어 만신창이가 되고 말았다. 북한을 잡는 방법은 우리를 잡는 방법과 같다. 땅굴 입구를 차단하는 것이 가장 핵심적인 팁이다.

북한의 땅굴 입구에 각종 포문을 정조준해 뒀다가 D-day에 동시에 발사하여 땅굴 입구를 무너뜨리면 망타할 수 있을 거다. 같은 종족이라 끼림칙한 면도 많지만, 우리에게 총부리를 견주는 그들에게 더 이상의 아량은 존재하지 않는다. 그리스어에 샤든프로이더Schadenfreude라는 말처럼 남의 불행에 대해 쾌감을 갖는 집단이 북한이 아니던가! 거짓말과 도둑질은 이웃 사촌이다. 거짓말에 세금이 붙지 않는다고 한 입에 두 혀를 가질 수가 있을까?

오롯한 사랑

사립문의 위치가 바뀌었다. 추석 명절을 쇠기 위해 고향에 갔더니 이전 문이 아니었다.

형님의 건강이 나빠진 것이 바로 문 때문이라는 주변의 얘기가 아버지의 마음을 저어하게 한 것이다. 전에는 북향문이었는데 이번엔 남향문이다. 바뀐 문은 통행하기가 다소 불편한데도 어쩔 수 없었나 보다.

부모님께서 돌아가신 것은 형님의 요절 때문이었다. 가끔 희뿌연 위장약을 복용하긴 했어도, 생때같던 형님이 어느 날 갑자기 기력이 말이 아니었다. 과수원을 비롯한 농사만 해도 버거울 지경이었다. 게다가 새마을지도자로 동분

서주하느라고 몸에 무리가 갔었나 보다.

고향은 주택이 삼백여 호나 되지만 국도에서 오 리 정도 떨어져 있다. 마실길은 소형차 한 대가 겨우 다닐 정도이다. 면사무소 건물이 들어서는 걸 그 당시 동네 어른들이 반대하는 바람에 마을 가까이에 국도가 나지 못했다고 한다.

형님은 새마을운동의 하나로 읍내에서 마을까지 버스 운행계획을 추진하였다. 그러다가 지주들과 마찰이 빈번했고, 길과 도랑이 교차한 것을 바로잡는 데도 의견이 맞지 않아 곤욕을 겪었다. 일은 일단 형님이 저질러 놓으면 아버지가 뒷수습하는 식이었다. 평소에 아버지와 형님에게 우호적이던 사람도 이해관계가 걸리니 안면이 바뀌었다.

겨울이 되자 형님은 수확한 사과를 십여 리 떨어진 기차역까지 경운기로 여러 차례 싣고 가서, 화물열차를 이용해 서울 용산으로 팔러 다녔다. 형님의 건강을 해친 데에는 금전이 결부된 것 같다. 어릴 적 상급 학교에 진학 못 할 정도의 가난을 자식에게만은 대물림 않겠다는 아비가 지녀야 할 책임감과 자식에 대한 사랑의 발현이었으리라. 도매로 넘기면 손쉬웠겠지만, 조금이라도 수익을 더 올리려고 소매하면서, 식사도 제대로 하지 못해 건강에 무리가 갔었다.

신병 때문에 본인의 고통은 말한 것도 없었겠지만, 부모님의 심경 또한 오죽했으랴. 이즈음 부모님은 주위에서 신에 귀의해 보라는 권유를 받으셨다. 교회가 가까이에 있어도 늘 부처님을 찾으셨던 분들이시다. 인생의 느지막에 종교를 바꾼 것은 오로지 자식을 위하는 부모 마음이었다. 애로라지 그 종교만이 자식의 고통을 기쁨으로 바꿀 수 있다고 믿으셨으리라.

형님은 시난고난하다가 '간 경변'이라는 의사의 진단을 받고부터는, 병세가 급격히 악화하여 쉰 살도 못 채우고 이승을 등졌다. 형님의 슬하에는, 맏딸은 출가하고 아들 둘이 미혼상태였다. 조문객과 마주할 때마다 하염없는 눈물이 내 눈시울을 달궜다. 아우인 내가 이렇건대 참척慘慽을 보신 부모님의 트라우마는 어떠셨겠나! 남편을 일찍 보낸 형수님과 그토록 믿고 따랐던 아비를 잃은 삼 남매의 마음고생은 어떻고! 집안의 기둥이었던 장남과의 사별, 그 어떤 비탄에 비기리오.

그로부터 3년 후에 부모님은 거의 같은 시기에 돌아가셨다. 어머님과 아흐레 간격으로 세상을 버리셨다. 복허리 기간이었다. 더위는 도로의 아스팔트를 밀가루 반죽처럼 만

들어 놓기도 했다. 냉장고가 없던 시절이라 조문객의 식중독이 염려되었다. 다행히 음식을 담당한 분들의 철저한 위생 관리로 걱정할 일은 발생하지 않았다.

날씨가 이토록 무더울 때 장례를 치르게 한 것은 철없는 막내의 불효에 대한 대가라고 생각했다. 부모님은 오래도록 사실 줄로만 믿었다. 학교에선 '부모님 살아 계실 제 섬기길 다하여라.'라고 가르쳤다. 그건 완전히 공염불이었다. '나는 바담풍해도 너희는 바람풍해라.' 식이었다. 부모님께 효도하는 것은 모든 것을 갖춘 뒤에 하는 것이 아니었다. 본가·처가 부모님께 여행 한 번 못 시켜 드린 것이 늘 마음에 켕긴다. 항상 뒷북만 쳐댔던 우리가 한스럽기 그지없다.

복더위가 가까워지면 불현듯이 부모님을 기리게 된다. 두 분 사이에서 아기자기한 애정은 잘 모르지만, 큰 소리로 다투는 것을 본 적이 없다. 살림살이가 보릿고개를 겪을 정도였지만 지나가는 걸인을 그냥 보낸 적이 없는 것 같다. 제삿날엔 밤 친 껍데기를 철문 밖에 두어 지나는 길손을 불러들여 인정의 나눔을 실천하신 분들이셨다.

부부의 사망 기간이 백일 이내면 '천생연분'이라고 한다. 우리 부모님은 아흐레 간격이니 이는 어떤 연분일까? 선고

先考와 선비先妣께서는 지금까지 한 번도 내 꿈에 나타나지 않으셨다. 이는 원귀로 구천에 헤매지 않고 천상의 좋은 곳에서 잘 지내시기 때문이리라.

조상님들의 오롯한 사랑의 음덕이 비가 멎은 뒤의 안개처럼 아우라aura로 피어올라, 후손들의 양심이 욕심에 물들이는 카르마karma를 올바르게 인도해 주시리라.

"아버지·어머니, 항상 죄송하고 항상 감사합니다. 그 사이 '읍'은 '시'로 승격되었고, 마을버스가 이웃 동네까지 하루에도 여러 차례 다닙니다. 마을 주민은 장보기가 편리해졌다고 모두 좋아합니다. 4차로 고속국도와 일반국도가 어연번듯하게 나서 고향 나들이가 한결 수월해졌습니다. 우리 면에 영주댐이 들어서게 되어 면사무소가 우리 동네 입구 근처로 옮기게 되었습니다. 올 입제일에 뵙겠습니다. 착오 없으시겠지만, 문은 옮긴 남향문 그대롭니다."

용기, 아름다운

괴테의 경구가 오롯이 뇌리를 스친다.

"재물財物; Property을 잃는 것은 조금 잃는 것이고, 명예名譽; honor를 잃는 것은 많이 잃는 것이지만 용기勇氣; Courage를 잃는 것은 전부를 잃는 것이다."

민태원은 자신의 수필 〈청춘 예찬〉에서, "청춘! 이는 듣기만 하여도 가슴이 설레는 말이다."라고 읊조리는가 하면, 세계적인 대문호인 괴테는 어찌하여 "청춘아, 용기를 잃으면 전부를 잃는다."고 절규하였을까?

영주, 봉화, 단양 등 2개 도, 3개 시·군의 문화 유적을 답사할 때 봉화군 춘양면에서의 일이다. 봉화가 고향인 친구가 두툼한 입가에 엷은 미소를 머금고, "'억지춘향'이란 말 들어봤지? 이곳엔 '억지춘양'이란 말이 회자한다네." 고대 소설 《춘향전》에서 변사또가 춘향에게 수청을 억지로 들게 하려고 구슬리다가 어르고 급기야 핍박까지 한 데서 나온 말 '억지춘향'은 이미 널리 아는 사실이다. 한편 '억지춘양' 은 사리에 어긋나는 일을 억지로 우겨서 겨우 이루어지게 끔 만든 일을 가리킬 때 쓰는 말이란다.

'억지춘향'보다 '억지춘양'의 내력이 더 흥미로워 보인다. 일설에 의하면, 예로부터 '백목百木의 왕王'이라고까지 불리 며 춘양을 대표하던 소나무인 춘양목이 너무도 유명하여 가격이 좋게 되자 춘양과 내성 장날이 서면 상인들이 가져 온 일반 소나무를 춘양목이라고 우긴 데서 '억지춘양'이라 는 말이 유래했다는 것이다.

다른 일설에 따르면, 영주에서 철암까지 영암선 철도 공 사를 할 때 '법전~녹동' 구간을 직선으로 연결하도록 계획 되었던 것을 봉화군 춘양면 출신으로 당시 국회의원이자 집권당 원내 총무였던 J 의원은 각중에 철길이 춘양면을 지 나게 해야 한다면서 교통부 철도국에 압력을 넣어 춘양면 소재지로 돌아가게 만들었다. 이로 인해 이른바 그리스 문자 24자 중 맨 마지막인 Ω오메가자 형태의 선형으로 변경되어 건설되었다. 이렇듯 '철로를 억지로 춘양으로 돌렸다.'에서 '억지춘양'이란 말이 구전되고 있다는 것이다.

옆 테이블에 앉아 엿듣고만 있던 70대 중반의 노신사가 한마디 거든다. "'억지춘향'이나 '억지춘양'은 한 개인이 여색을 탐하거나 선거에 표를 얻기 위한 지역이기주의랄까 생색 억지로 '고전 억지'라고 봅니다. 그런데 '신 억지'가 수두룩하지요. 그중 하나가 '5·18 사태'라고 봐요. 광주 항쟁 당시 남파되었던 한 탈북 군인의 5·18 체험담을 논픽션으로 꾸민 『보랏빛 ○○』를 보면 알 거외다."

북한의 한 군 고위관계자는 그들의 최고통치자가 수여하는 최고 훈장을 3개나 가슴에 달고 다닌다고 부언하였다. 하나는 1977년 이리역 폭발사고를 주동한 공로이고, 다음은 1980년 광주 항쟁, 그리고 세 번째가 1983년 아웅산 묘소 폭파 암살 사건을 주도한 혁혁한 공로로 받았다고 으스댔다는 것이다.

북한에는 5·18 관련 명칭이 많고 기념행사까지 한다는 말을 그 책을 통해 확인해 보란다. 더욱 놀라운 것은 후손에까지 혜택을 준다는 것이다. 그러니 5·18사태와 전혀 관련이 없는 인사들이 자천 타천으로 일정한 원칙도 없이 공적 조서를 주무 처에서 제대로 점검도 안 된 상태에서 수혜자로 선정되었단다.

사촌이 논을 사면 배가 아프듯, 이웃이 엄청난 혜택을 보니 괜스레 거염이 날 법도 하겠단다. 그 수많은 혜택 가운데 '5·18 유공자 가산점 10%'는 그대들의 손주들이 만점을 받아도 91점을 받은 5·18 민주화 운동 특혜자의 후손을 이길 수 없다는 현실을 알기나 하냐고 정색을 한다.

"특히 국회의원이나 고위 관료 중에 5·18과 직접 관련이 없는 인사도 그 명단에 들어 있다니 말이나 될 법합네까? 저명한 L 의원은 자신이 관련이 없음에도 명단에 올려있다고 실토까지 했다지요. 이는 정직한 인정이나 그 다음 후속타가 없어 자못 아쉽기만 하외다."

핫 카페 라테의 온기가 아직 남아 있는데 그분은 본인의 운전기사가 주차장에 승용차를 멈추자 자리를 뜨고 말았다. 뒷모습이 한결 의젓해 보였다.

어느 독립유공자의 후손은, 자기 조부가 독립 운동에 가담하지 않았다는 사실을 끈질긴 조회 끝에 확인하고는 스스로 유공자 지정을 철회하고 기념 비석을 뽑아버리고는,

"아, 이제 가슴이 후련하다. 두 다리 뻗고 잘 수 있겠네." 이런 기사를 본 적이 있다. 이 얼마나 용기 있는 가상한 일인가! 용기勇氣의 勇날렐 용 자는 甬물 솟을 용 아래에 力힘 역/력을 받친 글자이니, '씩씩하고 굳센 기운, 또는 사물을 겁내지 아니하는 기개'가 아니던가. 그렇다면 5·18 민주화 운동에 관련이 없으면서 유공자가 된 사람 가운데 국회의원이나 고위 관료부터라도 한때의 실수를 인정하고, 한 번 실수는 병가지상사이니, 유공자에서 탈퇴함이 어떠리오. 정치이념이나 사리사욕을 목적으로 역사 해석을 바꾼다면 본인이나 후손들에게 과연 어떻게 비춰질까.

"'금金은 불에 의해 시험 되고, 용기 있는 자는 역경에 의해서 시험된다.'는 L. A 세네카의 말을 간과하지 말자고요. 우리 국민들은 용기 있는 사람을 결코 저버리지 않을 것이외다. 보편적인 덕인 용기와 양심의 문제는 우리 자유 대한민국 국민 모두에게 걸려 있는 문제가 아닐는지?"

진실로 재물을 옳게 사용한다는 것은 무기를 옳게 사용하는 것보다 영광스러운 일이란 말이 있다. 또한 옷은 새 옷일 때부터, 명예는 젊을 때부터 소중히 하라고 하지 않던가. 그럼 용기는? 괴테의 진정한 인간성을 제대로 엿보고, 귀감을 주는 최고선인 '용기'에 소홀함이 없어야겠다.

"용기야말로 남자도 여자도 아름답게 보이도록 만든다."
는 영국 속담이 잔잔하던 내 심경에도 파장이 살아 움직
인다.

이첩제첩^{以妾制妾}

첩妾은 가족의 암덩어리다. 단양 8경 중의 하나인 도담삼
봉을 희비가 엇갈린 시선으로 바라보고 있다. 남편이 아들
을 얻기 위해 첩을 들이자 심통이 난 아내가 새침하게 돌아
앉은 모습이다. 장군봉인 가운데 봉우리가 남편봉이고 위
쪽이 처봉, 아래 쪽이 첩봉이다. 그런 사연 때문인지 첩봉은
남편봉을 향하고 있고, 처봉은 남편봉을 외면하고 있다.

물이 푸르러 수심이 깊어서인가 했더니 녹조였다. 머지
않은 곳에 건설된 충주댐 영향도 있겠지만, 아내의 그토록
서리서리 쌓인 한이 오뉴월에도 무서리가 되어 푸나무의
엽록소를 먹고 흘린 눈물이 아닐는지? 아들이 뭐길래. 이삼

십 년 전만 해도 딸이 둘이면 '딸딸이 엄마'라고 측은한 눈길로 보곤 했었다. 그런데 요즘은 상황이 많이도 바뀌었다. 오히려 딸이 둘인 집은 '금메달'이고, 아들이 둘인 집은 메달급에도 못 들어간 '목매달'이란다. 이는 아마도 아들을 못 낳은 것에 대한 위로의 '보상메달'로 사료된다.

도담삼봉을 눈여겨 바라보니 소년 정도전의 목소리가 장군봉에 있는 삼도정三嶋亭의 풍경소리와 공명되어 환청으로 되살아난다. 정도전은 '도담삼봉'에서 '삼봉'을 따와 자신의 호로 쓸 만큼 고향에 대한 애착이 많았다고 한다. 도담삼봉은 원래 강원도 정선군의 삼봉산이 홍수 때 떠내려온 것이었다. 그렇게 되자 정선군에서는 봉이 김선달이 대동강 물을 팔아먹듯, 도담삼봉에 대한 세금을 단양군으로부터 해마다 받아왔다. 이 얘기를 알게 된 소년 정도전이,

"우리가 삼봉을 정선에서 떠내려오라 한 것도 아니고, 오히려 물길을 막아 피해를 보고 있으니 도로 가져가시오!"

고려시대 서희 장군이 거란의 소손령 장군을 담판으로 물리치듯 하였다. 그 후로부터 세금을 안 낸 것은 물론이다.

도담삼봉을 보노라면 옆집에 사는 친구의 삼촌 생각이 떠오른다. 그는 6척 장신에 눈썹은 장비를 연상케 하고 팔

뚝은 역도 선수를 닮은 호남형이었다. 부인은 현숙한 데다가 예의범절이 깍듯하여 선망의 대상이 되었다. 금실도 좋았다. 남편은 아내를, 아내는 남편을 위해 서로 돕고 배려하며 의지했다. 동네 사람들은 그들을 '잉꼬부부'라고 칭송이 자자했다. 그러던 가운데 난데없는 회오리바람이 일기 시작했다.

한 나라를 이용해 다른 나라를 제압한다는 의미로 '이이제이以夷制夷'라는 말이 있다. 이는 옛날 중국 본토 국가들이 주변 국가들을 다스릴 때 사용하던 전략이다. 중국 입장에서는 사방의 여러 민족들을 모두 오랑캐라 하였다. 각각의 오랑캐를 자신들의 힘만으로 제압하기란 쉽지 않았다. 그래서 정정당당하진 않았지만, 오랑캐를 이용해 오랑캐를 제압한다는 전략이 생긴 것이다.

어느 날 이웃 그 아저씨에게 둘째 부인이 생겼다. 차돌이 바람 들면 푸석돌만 못하다더니, 술집 기녀의 쏘삭질에는 거대한 나무도 바람 앞의 등불이었다. 아무리 현숙하고 교양이 넘친다는 아주머니라고 하지만, 겉보리를 껍질째 먹은들 시앗과 한 집에 살 수 있을까? 그런데 반년쯤 지나자 본부인은 남편에게 셋째 부인을 권했다. 웬 논둑 꿩알일까?

둘째보다 더 예쁘고 몸매 또한 나무랄 데 없는 S라인의 보기 드문 아름다운 여인이었다. 《삼국지》에 나오는 초선을 닮았다.

본부인은 알라존Alazon 같은 남편과 에이런Eiron 같은 첩실들에게 말과 행동거지에서 한 치의 어긋남이 없었다. 질투하지 않는 여자는 튀지 않는 공이라고 하지만, 첩실들에게 여성의 절대적인 감정인 질투를 본인이 부릴 대상이 아니라고 보았다. 그것은 일종의 자기 열등감의 표현이라서 뭇사람들의 눈초리가 두려워서도 아니었다.

두 첩실 사이에 으깍이 나기 시작했다. 첩 많은 집에 잠잠한 날이 없었다. 그녀들은 만날 때마다 다투었다. 사나운 개콧등 아물 날이 없듯이 둘 다 머리카락이 온전치 못하고 온몸의 상처가 눈 뜨고 못 볼 지경에 이르렀다. 진탕에서 싸우는 갠들 이처럼 끈질기랴. 몸과 마음이 지치자 사랑도 식었는지 그 둘은 남편 곁을 모내기할 때 종아리에 붙은 거머리가 피를 실컷 빨아먹고 저절로 떨어지듯 했다. 본부인의 '이첩제첩以妾制妾' 전술이 여느 책략에 비길까?

도담삼봉의 첩봉은 처봉의 속내를 아는지 모르는지, 남편봉에 쏘개질을 일삼아 처봉의 가슴에 숯으로 채우고 있

232

다. 그러나 푸줏간 부부네는 결혼 초기의 무드를 되쌓는 중
이다. 첩은 우리 대代에서 종지부를 찍고 그 암덩어리를 어
찌 대물림하랴!

회초리

미나리를 보았다. 미나리꽝의 미나리가 아니고, 팔공산 자락의 명품 미나리도 아닌 영화 〈미나리〉를 본 것이다. 출연자 가운데 70대 여배우(윤여정)가 93회 미국 아카데미 시상식에 여우조연상을 받게 되어 관심이 솟구친 것이다. 중국 우한 코로나19 여파로 극장에 가기도 그렇고 해서 집에서 다운받아 본 것이다. 달구벌에서 반세기 가까이 살다가 자녀들의 성화(?)에 못 이겨 한양으로 삶의 터전을 옮겼다. 웬만한 세간살이는 연식이 오래되어서 처분하고 취사도구 일부 외엔 거의 다 새로 마련했다. 그중에 TV를 새로 마련한 것은 물어보나마나다. 새 아파트에서 신노혼新老婚의

설렘을 만끽할 작정이다.

우리 부부가 몇 차례 시장 조사를 해본 결과를 아들 내외에게 일러 줬더니 전자제품 매장에서 그리고 인터넷에서 검색해 보니, 화면이 크면서 퀄리티가 뛰어난 할인 특판이 있다면서 82인치를 권유하였다. 30평엔 언밸런스였다. 이는 배보다 배꼽이 더 크다고나 할까. 완전히 '개발에 주석편자요 모기발의 워커'다. 그러나 영화보는 데는 거진 극장에서 관람하는 수준이다. 영화 한 편 대여료가 일만천 원인데 50% 할인받아 감상할 수 있었다. 본전 뽑는답시고 세 차례나 보았다.

이 영화는 정이삭 감독 작품으로 낯선 미국의 아칸소로 떠나온 한국 가족에 뒤늦게 합류한 외할머니와 얽힌 시놉시스이다. 폐가 튼튼하지 못한, 그럼에도 무람없는 외손자 데이빗(앨런 김)을 위해 한약을 따라 줬는데 그 고마움도 모른 채 싱크대에 쏟아버리고 오줌을 누어 건네주곤,

"내 쉬 맛이 어때요?"

너무 어이가 없고 능청맞은 표정이다. 아빠가 뒤늦게 알고 벌을 주는 장면이 압권이다. 아빠 제이콥(스티븐 연)이

"회초리 가져 와!"

에 놀란 나머지 부러진 막대기를 가져오자,

"다른 걸로 가져와!"

집 밖에 나가 고르고 고른 끝에 허리 뒤에 숨겨 들어온 것은 강아지풀이었다. 백 대를 맞아도 자국이 안 날 솜방망이였다. 보는 이를 아연실색게 하는 재치가 남달랐다. 환한 웃음으로 얼싸안은 할머니의 외손자 사랑을 느끼는 데 부족함이 없었다. 아빤들 병치레하는 막내에게 매질하고팠을까? 장모님께 송구스러운 나머지…. 회초리란 어린 나무가 곧게 자라 튼튼한 재목이 되기를 염원하는 상징이 아니던가. 우리 아이들을 키울 때 생각이 오버랩된다.

회초리 두 개를 마련하였다. 지리산 청학동에 갔다가 기념품 가게에서 교편으로 구입하고 아들과 딸의 이름을 써서 각자의 방에 걸어두었다. 옛날의 자린고비는 조기를 천장에 매달아 두고 반찬값을 절약했다지만 녀석들은 그것을 보고 무슨 생각이 들었을까? 그들이 초등학교 4학년과 3학년일 때의 어느 날 오후였다. 아내와 외출했다가 집에 오니 저녁때가 되었다. 숙제 검사 시간인데 검사받을 것이 없었다. 그들은 오후 내내 만화 영화만 보고 있었으니, 숙제 생각이 난 것은 현관 벨소리가 나고부터였을 것이다. 동생이 먼저 점검을 받으러 큰방으로 들어갔다. 매도 먼저 맞는 것이 나으려나. 매 맞는 소리와 함께 '아야!' 비명에 가까운 소리가 들린다. 아들 녀석이 슬그머니 자기 방에 들어갔다 나오더니,

"아빠, 이거 어때요?"

바지 속에 실과시간에 만든 걸레를 넣어 왔다.

"그거 통하겠니?"

"일단 들어가 볼래요."

엄마가 바로 눈치를 채고,

"납작 궁뎅이였는데 각중에 애플 히프네!"

"엄마 아니 어머니, 죄송해요. 앞으론 숙제를 소 풀 뜯어 먹듯 안 하고 알뜰살뜰이 할게요."

"약속 지킬 수 있나?"

"그럼요, '남아 일언 중천금'이죠. 엄마가 일전에 일러주신 안창호 선생님 말씀처럼 거짓말은 꿈에서라도 안 하기로 맹세했어요."

"그래 믿는다. 식사 편식하지 말고 운동도 열심히 해서 쿠션 넣지 않고 '애플 히프' 만들어라!"

여러 해 동안 화분에 식물을 가꾸고 있다. 고무나무와 샤

프렐라의 수령은 꺾은 한 세기에 가까워 온다. 가히 분재 수준이다. 분재는 수형을 중시한다. 2, 3년마다 분갈이를 하면서 멀쩡한 가지를 자르기도 한다. 그럴 때면 어김없이 한소리 하는 이가 가까이 있다. 그리하나 나무에 가위질을 하는 것은 나무가 미워서일까? 매섭게 추운 겨울이 있어 오는 봄의 나뭇잎은 한층 싱싱하고 푸르게 된다. 부모나 교사 그리고 어른에게 야단을 맞지 않고 자란 아이는 큰 재목이 되기란 '낙타가 바늘구멍 빠져나가기'라면 너무 과장된 묘사이런가? 선현들은 너나없이 역경에 단련되지 않고서는 큰 인물이 될 수 없다고 강변하신다. '미운 자식 떡 하나 더 주고 귀한 자식은 매 한 대 더 때린다.'는 말이 생긴 소이연이다.

요즘 제대로 된 매를 맞을 무리들이 보인다. 1960년엔 '3·15 부정선거'로 4·19 혁명의 도화선이 되기도 했다. 그 땐 '투표에 이기고 개표에 졌다!'는 말이 인구에 회자했다. 지난 '4·15 총선'은…. 근래엔 선거가 가까워 오면 코로나로 긍휼한 국민을 위한답시고 공공연히 현금 풀기를 서슴지 않는다. 아이덴티티가 확립된 2·30대가 번번이 속아 넘어갈 것으로 언제까지 보려는가? 그 막대한 자금이 어느 세대에 짐이 되는지를 알기나 하는지! 나라 경제와 국방, 외교 및 교육은 엉망에다 진창으로 만들어 놓고 내 자식과 내 자산만 챙기고 불리는 '내로남불'을 일삼고, 그보다 더 역겨운 것은 '자화자찬'이다. 기생충 같은 존재들이다.

영화 〈기생충〉은 봉준호 감독 작품으로 미국 오스카 시상식에서 괄목할 성과를 거두었다. 내용은 자본주의 사회에서의 기생관계를 다루었다. 감독상을 비롯해 많은 상을 휩쓸었으니 작품으로선 비판할 의도가 없다. 다만 그 내용이 평화롭고 단란하고 여유 있는 글로벌 IT 기업 CEO(이선균) 가정에 기택(송강호) 가족이 잠입해 기생하면서 주인집을 풍비박산시키는 스토리다. 지금의 나라꼴이 영화 〈기생충〉과 너무나 흡사하여 쓴웃음이 난다. 전력 문제만 해도 그렇다. '최첨단 저비용 고효율 원자력을 포기하고 고비용 저효율 태양광으로 전기를 만들겠다는 나라'로 전락했으니 이는 누가 봐도 역주행이다. 잘못하거나 실패했으면 사과하고 바르게 궤도를 수정한다면 국민들은 용서하는 아량도 베풀 터인데…. 똥고집은 폐가망신의 지름길이라고 했던가?

영화 〈미나리〉의 데이빗처럼 강아지풀로도 치유되는 사

회를 염원해 본다. 멀쩡하고 평화로운 자유 대한민국에 자신을 백신으로 착각하는 기생충이 잠입하여 '자유'를 빼고 국가 체제를 무너뜨리면서 '미친개'처럼 날뛴다. 잠언에 "말에는 채찍이요, 나귀에게는 재갈이요, 미련한 자의 등에는 막대기니라."라고 천명하였다. 미친개에게 적합한 회초리는?

개별성을 보편성으로 승화한 지행합일
— 석오균 수필집 『회초리』 발간에 부쳐

장 호 병
(사)한국수필가협회 명예이사장

석오균 사백의 수필집 『회초리』 상재를 축하드린다. 문단
에 데뷔한 지 10년 만이다. 작품집 두세 권은 내었을 만큼
많은 작품을 썼고 그 내용 또한 수작임에도 겸손으로 일관
했기 때문에 이제 첫 작품집이 탄생한 것이다.

음악은 소리로, 회화는 색이나 이미지로 감각에 직접 호
소하는 예술이다. 꽹과리 소리를 들으면 처음에는 귀를 막
다가 점차 흥에 겨워 어깨를 들썩일 것이다. 밤중의 구슬픈
피리 소리에는 심장이 내려앉을 것이다. 미술 또한 감탄사
를 자아낼 수 있다. 이처럼 청각이나 시각에 호소하는 예술
은 감상자의 의지와는 관계없이 전달 혹은 접촉의 면에서

현장성과 직접성을 특징으로 한다.

이에 반해 문학은 언어예술로서 언어를 매개로 하여 활자로 호소한다. 검정색을 벗어날 수 없다. 또 현장에 있더라도 읽지 않으면 그 예술의 세계를 접할 수 없다. 청각이나 시각 예술에 비해 직접 체감되는 온도는 낮을 수밖에 없다.

그럼에도 문학 장르에서는 작품의 완성도가 사용 도구와 재료의 질에 영향을 받지 않으면서 작가의 철학이나 사상을 직접 표현할 수 있다. 이에 더하여 반전이나 역설을 도모하는 일은 큰 장점이라 하겠다. 인접 장르의 리듬이나 이미지를 끌어오기도 하고 기표와 기의의 면에서 여러 가지 변용을 시도한다. 하위 개념의 수필 장르 역시 이 장점을 적극 활용하여 때로는 비문학의 경계까지 넘나들기도 한다.

저자는 안동사범학교를 나와 교육현장에서 꿈나무들을 키워내면서 학문에도 매진하여 대학에 출강도 하였다. 작품들을 일별하면서 선인들이 말한 문여기인文如其人, 즉 글이 곧 그 사람이란 뷔퐁의 말이 확인되었다. 삶은 문학에 투영되고, 또 그의 작품활동이 삶에 영향을 주는 선순환 때문이리라.

예술은 감동을 매개로 한 커뮤니케이션의 한 방법이다. 현장성과 직접성이 결여된 글쓰기에서 석오균표 수필은 어떠한 방법으로 독자와의 소통을 시도하고 있는지 그의 삶과 문학을 살펴본다.

□ 코스모스@카오스

자연과 우주 속에 존재하는 모든 개체는 시간과 공간의 좌표 안에서 타자에 대한 유일자로서 독특한 존재방식을 취한다. 메를로 퐁티1908-1961는 이 무수한 개체들이 개별적으로 존재하는 것처럼 보여도 "각각의 사물은 모든 다른 사물들의 거울"로서 서로에게 자신을 넘겨주고 받는다고 했다. 사물도 그러하거늘 생명 가진 존재, 특히 사람살이에서야 말해 무엇하랴.

이들 각각의 개인이 상호 관련하면서 만들어내는 현상들에서 숱한 경우의 수는 우리가 읽을 수 없는 카오스이다. 겉으로는 아무런 충돌이나 이상이 없이 정상으로 각자의 삶을 살아가고 있어도 거기에는 현존재들이 취하는 인과로 점철된다.

석오균 사백은 삼라만상에서 개체들이 개별적으로 취하는 자신만의 고유한 존재원리와 삶의 형식을 서로 유기적인 관계 속에서 살핀다. 개인과 개인, 개인과 집단, 그리고 나아가 개인과 자연 등 우주와 상호 소통하면서 현상과 본

질이 합일을 이루는 보편성을 읽어낸다.

이 수필집에서 독자들은 우리 개별존재들이 취하는 무수한 카오스의 현상을 관통하는 코스모스, 석오균표 보편성을 발견하게 될 것이다.

> 하지만 이 나이에도 성인병 약을 복용 안 해도 되게 균형 잡힌 식단을 꾸려주고 혈압 안 오르도록 정감어린 친구와 애인 역할까지 해주고 있는 동반자가 있어 마음에 간직하고 뼈에 새길 일이다. 라피크는 아랍어로 '먼 길을 함께하는 동반자'라는 뜻을 지닌 말이다. 그녀는 나에게 유일무이한 '라피크'로 언제나 소중하다. 나는 애처가도 공처가도 경처가도 아닌 중처가를 선호한다. 이를테면 '아내를 다만 소중히 여기는 사내'라고나 해둘까.
>
> ―「마음을 다해 쏴라」 중에서

산수傘壽에 이르도록 생의 대부분을 함께해온 이는 배우자다. 세월의 더께에 반해 서로 무심해지기 쉬운 관계가 부부간일 것이다. 작가는 배우자를 '라피크'로 중히 여기고 있음을 작품 곳곳에서 보여주고 있다. 「패밀리 셰프를 꿈꾸다」에서 보여주듯 작가는 삼시세끼 요리로 봉사하는 아녀자의 노고를 고맙게 여기며 이제 가족을 위해 요리로 봉사를 한다. 여기에서 독자들은 자신이 요리대접을 받은 듯 흐뭇하게 생각되는 점은 수필이 가지는 큰 장점이라 하겠다.

　　아내와 의논하여 우리 농장엔 '오방색 식물'을 심기로 했다.
다섯 가지 색의 유실수와 채소를 선정했다. 오방색이란 빨강,
청색, 노랑, 검정 그리고 흰색 등 한국의 전통 색상을 말한다.
오방색의 과일과 채소를 선정하게 된 것은 우리의 전통적 음
식 문화 속에서 음양오행설陰陽五行說이 짙게 깔려 있어서 사람
몸의 각 부위는 음식 색깔을 맞춰 섭취하면 그 장기에 도움을
준다는 것이다. 우리 부부는 다른 이들도 그렇겠지만, 무턱대
고 오래 살려는 욕망보다 통증 없이 즐겁고 보람 있게 살다가
가려고 한다.

—「오실농장」 중에서

　작가는 현업 은퇴 후 도심 외곽에 작은 농원을 경영하였
다. 본격적인 농업이라기보다는 소일을 위한 것이었다. 유실
수와 채소가 이루는 오방색을 염두에 두었기에 오실농장이
라 이름하였다. 음양오행이란 자신의 존재 연유를 분명히 하
면서도 타자의 존재에 방해가 되지 않는 사상이 아니던가.

　　오실농장은 개구쟁이들의 천국이다. 농장에는 채소와 잡초
그리고 독초들로 어우러진 개구쟁이들이 각자의 소리를 높이

고 있다. 채소로는 잎채소, 열매채소, 뿌리채소를 계절에 따라 골고루 심어 가꾼다. 그런데 잡초와 독초는 심지도 가꾸지도 않았는데 자기들의 놀이공간을 넓혀간다.

〈중략〉

지금까지 나 자신의 모습에 대한 파노라마가 달리는 말 등에서 산을 보듯 스쳐 간다. 내가 나를 알려고 생각했을 때 나의 마음속에 처음 생긴 감정은 무엇이었을까? 나는 '겸손과 도전과 성실'이기를 바랐었다. "공손하면 모욕을 당하지 않고, 관대하면 많은 사람의 지지를 이끌 수 있게 된다."라는 말이 이젠 내 가슴속에 용해된 지 이미 오래지 않던가. 친구 사이에서, 직장 동료 사이에서 잘난 체하진 않았는지. 상대방에게 배려한다는 것이 오히려 누가 된 적은 없었는지. 상대방이 난관에 봉착했을 때 나만의 손익계산을 하고 있지는 않았는지?

— 「개구쟁이들의 합창」 중에서

규모가 아무리 작아도 농작물을 키우자면 뽑아도 뽑아도 끝날 줄 모르는 잡초와의 전쟁은 피할 수 없다. 생명을 받아 이 세상에 나온 것들은 모두 존재의 이유가 있을 터이다. 작가는 잡초 한 포기를 뽑으면서 '미안하다!', 벌레 한 마리 죽이면서도 '미안하다!'라고 했다. 잡초들 속에 섞인 독초조차도 적당량 복용하면 특효약이 된다는 점을 상기한다.

'오실농장은 개구쟁이들의 천국'으로 시작한다. 개구쟁이

246

는 손길을 필요로 하는 성가시긴 하지만 귀여운 존재이다. 개구쟁이들의 하모니가 잔잔하게 울려 퍼진다는 결미를 통해 오실농장은 한때 몸담았던 교실처럼 생기가 넘친다.

겸손과 도전, 성실로 일관한 교직을 천직으로 한 부부의 인생관이 투영되어 현재진행형으로 꿈틀대는 역동적인 삶의 무대가 오실농장임을 알 수 있다.

> 새싹을 잘랐을 때 그동안 잊고 살았던 그 녀석 생각이 났다. 우리는 삼 년 정도 교제를 하다가 꿈에 그리던 가정을 이뤘다. 우리의 첫 작품이 아빠·엄마와 눈 맞춤을 제대로 해보기 전에, 출생신고도 하기 전에 참척의 비애를 맛볼 줄이야! 몇몇 날 동안 아내의 부어있는 눈시울을 보면서 그 안쓰러움을 나눗는 묘책을 찾느라 또 몇몇 날을 방황했던가? 한밤중에 스틱스강을 건너게 한 그 외할머니의 심경은…. 헌데 나는 정작 덤덤했다.
> "장자는 죽고 차자 장성하여 크게 될 괘."
>
> ―「교감交感」중에서

웃기 좋아하고 유머러스한 작가에게도 참척의 아픔이 있었다. 산세베리아 분갈이를 하면서 그 비애를 떠올렸다. 하늘나라 영계에 입양되어 천사의 아기가 되어 악의 그림자조차 없는 환경에서 행복하게 자라기를 소망한다. 운명을 사랑하라는 호메로스의 사도인 양 현실로 받아들인다. 부모와 자식, 스승과 제자, 그리고 모든 연분에서 줄탁동시의 교감을 얻어야 한다. 여느 사람들이 보고 듣지 못하는 것을 보는 눈과 듣는 귀가 있어야 교감에 이른다는 것을 보여준다.

□ 재미와 의미

말을 물가로 데려갈 수는 있어도 물을 억지로 먹일 수는 없다는 말이 있다. 읽을거리를 독자의 손에 쥐여 줄 수는 있어도 억지로 읽게 할 수는 없는 언어예술이 시각이나 청각예술에 비하여 취약할 수밖에 없다. 이를 극복하고 독자의 눈을 사로잡아 끝까지 읽어내게 하고 그 잔상을 오래 각인시키는 방법은 무엇일까.

몸에 좋은 약은 입에 쓰다고들 한다. 먹지 않는다면 백약이 무효이다. 당의를 입혀 먹기에 좋도록 하듯이 순도 높은 의미라 할지라도 적절히 더해야 한다. 작가는 독자로 하여금 그 글을 끝까지 읽고, 오래 기억에 남기게 한다.

이번 여행에서 두 개의 박물관을 견학했다. 시애틀에서는 일반 미술박물관이고, 스케그웨이에서는 역사박물관이었다. 우리 일행은 점심 식사를 받아들고 전망이 좋은 테이블에 마주했다. 전번 박물관을 둘러보고 나서 낸 퀴즈의 답을 생각해

봤느냐고 물었다. 아직 생각 중이란다. 문제는,

"보기만 하고 만지지 마시오."

열한 자를 다섯 글자로 줄이기였다. 그곳 박물관에 정답이 거의 나와 있었다. 곰 박제 밑에,

"Do not touch, please."

일행은 정답 주변을 맴돌며 헛짚고 있었다. 하는 수 없이,

"보지 왜 만져!"

— 「알래스카 크루즈 여행」 중에서

세월호 사건이 널리 인구에 회자될 때 인명은 재선이라며 부부는 크루즈 여행을 떠났다. 비행기나 자동차, 선박 등 교통 수단은 인간 삶에 획기적 편의를 가져다준 것은 사실이지만 사람들의 목숨이 희생되는 경우도 적지 않다. 인간 만사 마음먹기에 달린 게 아닐까. 산수 무렵의 나이에서는 '미투'도 '외설'도 초월하는 재미가 쏠쏠하다.

다급해서 화장실로 뛰어 들어갔는데 이게 웬일인가? 다섯 개의 소변기가 모두 높게 부착되어 있다. 어안이 벙벙해진다. 신장이 1m 75cm인데도 거시기가 걸리지 않으니 황당할 수밖엔. 팬티에 수분이 감지되는 듯하다. 일보 전진이 아니라 일보 후퇴하여 발사하면 포물선을 그릴 듯한데 거총이 안 된다. 주변에는 노둣돌마저 보이질 않는다. 하는 수 없이 좌변기에

서 볼일을 보았다. 아이슬란드를 건국한 바이킹 족들의 건장한 모습이 소변기를 보고 짐작이 가능하고 압도마저 되었다. 아이슬란드 정부가 인류 전체를 위해 보호해야 할 현저한 보편적 가치가 있다고 봐서 유네스코에 세계문화유산으로 등재하려고 보존하는 듯하다.

— 「선비의 나라」 중에서

약탈을 일삼았던 것으로 알려진 바이킹들이 세운 나라 아이슬란드. 태어날 때부터 배 속에 자신만의 책을 갖고 있다는 말이 있을 정도로 1권 이상의 책을 출간한 작가가 10%나 된다. 직접 책을 쓰거나 다른 사람이 쓴 책 읽기를 좋아하는 국민들이다. 그들의 문학을 사가saga라 한다. 1955년 소설가 할도르 락스네스가 노벨문학상 수상자로 선정된 것은 이런 문화풍토와 무관하지 않을 것이다. 독서토론 프로그램이 TV 황금시간대에 편성되어 높은 시청률을 기록하는 것을 부러워한다. 과거보다 앞으로 나아가는 현재를 살아야 함을 보여준다.

이번엔 소금장수들이 술 마시고 잠잤던 곳으로 가보았다. 방 안을 들여다보니 어느 소금 거상의 얘기를 들려준다. 낙동강 하구언에서 배 세 척에다 소금을 그득 싣고 삼강나루에 도착했다. 조선시대에는 소금의 쓰임이 금보다 좋아 부르는 것이 값이다. 대개 구매가격의 40배를 남기고 팔았다. 그는 순식 간에 돈 쌈지가 두둑해지자 으레 주점으로 향했다. 수백리 물 길을 거슬러 올라온 피로를 풀기 위해 술판을 벌였다. 거나하 게 취기가 오르니 술상 앞에 다소곳이 앉아 술시중을 드는 여 인이 선녀들 이처럼 예쁠까. 하룻밤을 함께하는 데 배 한 척에 실었던 소금 값이란다. 그 엑스터시에 조금도 아깝지 않았다. 그 황홀함에 두 번째 밤도 세 번째 밤도 치르고 말았다. 소금 값을 몽땅 그 여인에게 바친 것이다. 순간에 도취해 모든 걸 탕 진한 형국이다. 아직 몽롱한 상태에서 순간 정신이 번쩍 들었 다. 그는 그 여인의 아랫도리를 헤쳐놓고 오행시로 푸념을 털 어 달래 보았다.

遠視靑山谷 멀리서 보면 청산의 계곡 같고
近視死馬目 가까이서 보면 죽은 말 눈깔 같구나.
兩脣無齒之 두 입술 속에 이빨 하나 없건만
能食三鹽船 배 세 척 분량의 소금을 능히 먹어 치우는구나
食後無聲鹽 그러고도 짜다는 말 한마디 않는구려.
— 「삼강 나루터」 중에서

시중 인구에 회자되는 이야기를 인용하였다.

비즈니스든 관광이든 모든 여행은 집으로 돌아가야 끝이 난다. 돌아가는 소금장수의 발자국 무게가 "빛과 소금이 되 라."는 성경(마태복음 5장 13절, 16절) 구절보다 가볍지 않

음을 보여준다.

우리 넷은 한 방에서 어영부영하며 동침하게 되었다. 아내, 연인, 여친 그리고 나 순서로 자리했다.

조명등이 사라지자 나는 한 마리의 용이 되어 구름 위를 휘저으며 꽃들을 희롱하기 시작했다. 세 여인은 모두 장미, 무릇, 국화꽃으로 자태를 뽐내고 있었다. 산해진미로 거나하게 상기되자 그 용은 꽃들과 에멜무지로 노닥거리는 것이 아니었다.

서울에서 KTX를 타고 부산을 향하고 있다. 아내가 그리웠다. 여친과 애인을 타넘어 가려는데 친구가

"부산을 가려면 대전을 경유해야 될 게 아닌가!"

간신히 책임을 완수하고 다시 넘으려는데,

"대전을 통과했으면 대구를 경유해야제!"

어쩔 수 없이 봉사했다.

다음은 아내의 앙칼진 소리가 들렸다.

"대구를 거쳤으면 종착역을 향해 출발해야지!"

"에너지가 고갈되어서!"

이 사연이 각서 두 장의 소이연이다.

가슴이 너무나 갑갑하여 몸을 돌리자 아내는 비둘기처럼 새록새록 잠자고 있었다. 국화꽃과 무릇은 온데간데없고 장미 한 송이만 환한 미소를 머금고 있다. 각서 두 장이 보이지 않는다. 다행히도 아내가 1인 3역을 했음이 분명하다. 바람은 꿈에서라도 피울 일이 아니었다. 바람피워 각서 쓰는 일은 남의 일

로만 들으리. 친구 같은 아내, 애인 같은 아내로 1인 3역 하는 아내가 가까이 있어도 그립다.

—「각서」중에서

노후가 즐겁기 위해서는 건강과 재물은 필수요, 여친과 애인, 아내는 선택이라는 말이 있다.

반즐아친, 석 사백이 평생을 함께한 배우자를 이르는 말이다. 만나면 반갑고, 바둑을 한 수 하거나 술잔을 건네거나 정담을 나눌 때면 그저 즐겁고, 그러다가 헤어지면 아쉬운 친구란다. 선운사 무릇 구경을 나섰다가 풍천장어와 복분자술에 취하였다. 요강을 두어 번은 엎을 것 같다. 취중비몽사몽을 코믹하게 묘사하였다. 부부가 즐거이 해로하는 단면을 상상을 통해 보여준다.

언제부턴가 날이나 숫자에 의미를 부여하는 습성이 생겼다. 그렇게 해서 외식 핑곗거리를 만들거나, 집밥을 먹더라도 특별요리로 술잔이 오가며 화답하다가 우심뽀하(우리 심심한데 뽀뽀나 할까?)를 할 심산이 깔려 있다. 이를테면 아이들의 생일을 '자녀출산기념일'로 해서 그들에겐 해 오던 대로 축하해 주고, 덤으로 아내의 수고로움을 되새겨 보자는 것이다. 딸 아이는 반기는데 아들 녀석은 표정이 왠지 심통해 보인다.

〈중략〉

지난 정월 대보름날이었다. "어머니, 목걸이 못 보던 것이네요." "이건 너의 아버지가 네 출산기념으로 준 선물이란다." "아버지더러 앞으론 이런 선물 하지 마시라고 하세요. 이는 뭇 남편들의 '공공의 적'이라고요." 아내는 이런 아들의 조크가 재미있더란다.

〈중략〉

날이나 숫자에 의미를 부여하는 습성은 아직도 진행형이다. 자녀 출산기념일 말고도 새로운 것을 모색 중이다. 가족을 위한 것이라면 특히 내자에게 기쁨을 주는 것이라면…. 비록 그 행위가 뭇 남편들의 공공의 적일지라도 아내가 마다하지 않고 내가 즐거운데 어쩌랴.

"아들아, 네 사전에는 '인명은 재처'란 용어가 아직 없지?"

— 「공공의 적」 중에서

같은 일이라도 관점을 달리하면 새로운 의미가 생긴다. 수필쓰기는 어떤 상황에 의미를 구성하고, 경우에 따라서는 의미를 재구성하는 일이다. 딸의 생일을 맞아 축하의 제1순위는 딸이겠지만 아내의 출산기념일로 하니 무게추는 아내에게로 향한다. 모든 일에서 아내가 0순위임을 보여준다.

가난은 나라도 구제하지 못한다고 하지만, 요즘 젊은이들은 자연의 이치에 적극 순응하나 보다. 실화상봉수인 차나무처럼 후손을 적당한 거리에서 관심줄을 잡고 있는 모습에서 과보호란 느낌은 들지만, 자식에 대한 사랑과 부모에 대한 효심을 함께 읽히게 한다. 한편 캥거루 교훈으로, '캥거루족'이면 어떻고 '빨대족'이면 어쩌랴. 우선 등 따시고 배부르니 가장 안전빵이 아니던가. 그윽한 차향은 덤으로 만끽한다. 하지만 이웃의 눈초리가 따갑다.

"자식을 '집에 사는 캥거루'로 키우고 싶은가벼!"

부모가 여행을 떠나면서,

"우리 한 달간 크루즈 여행 다녀올 테니 그동안 참한 색시 하나 끼 차라!"

"내 돈 가지고 국외 여행 억시기 다니시네."

— 「집에 사는 캥거루」 중에서

차꽃은 시월 찬바람이 불 때 피어 전 해의 차열매로부터 격려를 받는다. 차는 열매와 꽃이 만나는 유일한 실화상봉수이다. 부모와 자식의 관계 또한 마라톤에서의 페이스 메이커처럼 실화상봉의 관심과 사랑에 의한 격려관계라면 좋을 것이다. 그러나 우리 사회는 불안정한 일자리, 기약 없는 취업준비, 치솟는 집값 때문에 연애, 결혼, 출산을 포기하는

255

젊은이들이 속출하고 있다. 집과 경력, 희망이나 인간관계까지 포기하면서 부모에게 얹혀사는 N포 세대까지 생겨나는 사회현상을 비판하고 있다.

'젊어서는 번 돈이 내 돈, 늙어서는 쓴 돈이 내 돈'이라는 석 사백의 생각을 뒷받침해주는 공덕은 자녀들의 몫이라라. 이 점에서 석 사백은 복노인이라 할 것이다.

> 내 인생의 '쓰리 고'는 장난삼아 했던 불장난과 화투 놀음 그리고 흡연에서 빚어진 후회막급의 부산물이다. '고스톱의 쓰리 고'는 고이지만, '내 인생의 쓰리 고'는 스톱이다.
> —「쓰리 고Three Go」 중에서

고스톱이 얼마나 스릴 넘치고 재미있는 유희인가. 셋이든 다섯이든 인원수에 크게 구애되지 않으면서 진행할 수 있는 국민 놀이 아니던가. 쓰리 고가 가져다주는 환희는 크지만 삶이 그러하듯 숱한 복병이 도사리고 있으니 기회 앞에서도 망설이지 않을 수 없다. 작가는 세 차례의 고를 불렀으니 이는 스톱을 지속하는 일이었다.

학창 시절의 불장난 끊고, 결혼 초의 고스톱 끊고, 그리고 며느리의 출산에 맞추어 담배 끊고다. 재미나 유희는 중독성이 있어 끊자고 모질게 결심하여도 허사로 돌아가기 쉽다. 그럼에도 작가는 끊고에 방점을 찍어 고를 선언하였다.

금연 주년마다 아내와 아들, 며느리, 사위와 딸로부터 격려와 축하를 받는 삶의 모습에서 의미를 만드는 일이 단란한 집안 가꾸기의 비결임을 보여준다.

동생이 먼저 점검을 받으러 큰방으로 들어갔다. 매도 먼저 맞는 것이 나으려나. 매 맞는 소리와 함께 '아야!' 비명에 가까운 소리가 들린다. 아들 녀석이 슬그머니 자기 방에 들어갔다 나오더니,

"아빠, 이거 어때요?"

바지 속에 실과시간에 만든 걸레를 넣어 왔다.

"그거 통하겠니?"

"일단 들어가 볼래요."

엄마가 바로 눈치를 채고,

"납작 궁뎅이였는데 각중에 애플 히프네!"

"엄마 아니 어머니 죄송해요. 앞으론 숙제를 소 풀 뜯어 먹듯 안 하고 알뜰살뜰이 할게요."

"약속 지킬 수 있나?"

"그럼요, '남아 일언 중천금'이죠. 엄마가 일전에 일러주신 안창호 선생님 말씀처럼 거짓말은 꿈에서라도 안 하기로 맹세했어요."

"그래 믿는다. 식사 편식하지 말고 운동도 열심히 해서 쿠션

넣지 않고 '애플 히프' 만들어라!"

— 「회초리」 중에서

부부가 외출하여 돌아왔을 때 아내가 아이들을 훈육하는 장면이다. 회초리는 한때 교사의 상징이었다. 영화 「미나리」에서처럼 강아지풀로도 치유되는 회초리, 그것은 사랑일 것이다. 그러면서 제대로 된 매를 맞아야 정신을 차릴 군상들을 생각해보게 한다. 본분을 망각한 이들이다.

□ 로그 아웃

석오균 사백의 삶과 이 수필집을 관통하는 키워드는 공자의 知之者 不如好之者, 好之者 不如樂之者아는 자는 좋아하는 자만 못하고, 좋아하는 자라도 즐기는 자만 못하다이다. 여기에 석 사백의 경우 樂之者 不如行之者즐기더라도 행하는 자를 당치는 못하리라를 더할 수 있으리라.

작가는 오실농장에 당근을 재배하였다. 잡초 정리 후 일주일 뒤 농장에 가보았다. 잡초를 뽑지 않은 곳엔 멀쩡한데 정리한 곳의 당근은 모두 고사해 버렸다. 잡초도 결정적인 시기에 고마운 역할을 해준 것을 알았다.

아프리카 여행에서 '우분투Ubuntu'라는 말을 가끔 들었다.

258

'네가 있기에 내가 있다'라는 뜻이 담긴 '더불어 함께'와도 같은 의미의 원주민 언어이다.

작가는 증오와 보복을 위해서는 역주행도 서슴지 않는 우리 사회가 사랑과 포용으로 서로 손잡고 보듬는 정의로운 사회(『살얼음』 중에서)로 나아가길 염원한다. 그 소망이 요원의 불길로 이어지리라 믿는다.

이상에서 살펴본 석오균 사백의 수필작품들은 사랑과 포용, 주관과 객관, 현상과 본질을 씨줄과 날줄로 적절히 교직하여 독자와 심미적 거리를 잘 유지하고 있다. 커뮤니케이션의 측면에서도 재미라는 포장으로 의미를 전달하려 노력하였다. 또한 문학활동에서 얻은 깨달음이 삶 속에서 실천되는 지행합일의 모범을 보여주고 있다.

제2, 제3의 수필집에서 만나게 될 작품세계에 기대가 크다. 큰 보람으로 이어지길 소망하면서 사족을 거둔다.

| 작가 연보 |

■ 출생
1940 경북 영주시 평은면 평은리

■ 학력
1947-1952 내명초등학교 입학 및 졸업
- 2학년 수료하고 4학년으로 월반
- 4학년 학력우수상 (4등)
- 수석졸업
- 중학교 입학금 조달이 안 돼 1년간 가사 도우미

1953-1956 영주중학교 입학 및 졸업
1956-1959 안동사범학교 입학 및 졸업 (10회)
1972-1974 경북전문학교 입학 및 졸업
- 대학 3학년 편입 검정고시 합격
- 학력 우수상 (경북교육위원회 교육감 표장)

1975-1977 계명대학교 경제학과 3학년 편입학 및 졸업
(경제학사)

1977-1980 경북 대학교 교육대학원 (교육행정전공) 졸업
(교육학석사)
- 교육대학원 학생회장 및 학위 대표 수여

■ 자격
초등교사자격증 (2정, 1정)
중등교사자격증 (일반 사회)
중등교사자격증 (국민윤리)

■ 교직
1959-1998 영주시 및 대구광역시에서 초등학교 근무
1961-1962 군복무 (단기 복무)
1998   명예퇴직
            • 대구대학교 출강
            • 경북대학교 출강

■ 논문
○ 지도성효과에 대한 교육전문직요원의 지각과 교원집단의
   지각과의 관계 (석사학위)
○ 현장연구논문 : 전국 2등급 외 다수

■ 포상
1992.12.31.   모범공무원증 (제17227호)
1998. 8.31.   훈장증 (목련장 제20783호)

■ 문학 활동
2010   수필과지성 창작아카데미 수료 (10기)
2012   계간《문장》가을호 수필 등단
2014-현재   문장작가회 이사
2015-2017   달구벌수필문학회 감사
2017-2019   달구벌수필문학회 부회장
2021-현재   달구벌수필문학회 이사
2017-현재   (사)한국수필가협회 운영이사
2016-현재   수필과지성문학회 회장

■ 저서
2022- 수필집『회초리』